講談社文庫

誰かが見ている

宮西真冬

JN054064

講談社

目次

誰かが見ている

序章

もうネットを覗《のぞ》くのは止《や》めると決めたはずなのに、右手が無意識に携帯を探していることに榎本千夏子《えのもとちかこ》は愕然《がくぜん》とした。これほど怖い思いをしているのに、まだあの世界に未練があるのだろうか。

昼間からリビングに死んだように寝転がり、夏休みを満喫するよその子供たちの声を遠くに聞いていると、主婦でも、妻でも、母親でもなく、まだ幼《おさな》い子供のままであるような錯覚すらした。夜に眠れなかった分を取り戻そうとする眠気を素直に楽しもうとがんばり、クーラーからの冷気を頬《ほお》に感じる。目が覚めたときには母親が「夕飯よ」と優しく肩を叩《たた》いてくれる気がした。想像の中でそれは実の母親の顔はしていなくて、ドラマか映画で見たベテラン女優が笑っていた。〈日本の良きお母さん〉と言えば、きっとみんなが彼女の名前をあげるだろう。

レースのカーテンをすり抜ける光は瞼《まぶた》にちくちくと眩《まぶ》しかったけれど、急に心地好い暗さになり、ふと目を開ける。ついさっきまで憎らしいほどの青空が窓の外に広がっていたのに、怪しげな雲が空を覆《おお》いつくし、部屋に影を落としていた。途端にざあっと激しい雨音が聞こえ、千夏子を現実の世界へと呼び戻した。——それは、主婦であり、母親の世界だ。自分が動かなければ、何ひとつ進まない。

ベランダへ飛び出して洗濯物を取り込み、開け放していた窓を閉めに寝室へ急ぐ。駆け込んだときはすでに雨が入り込んでいて、床が水浸しになっていた。無言で洗面所へ行き、雑巾《ぞうきん》を摑《つか》み、寝室へ戻る。広がった水溜《みずた》まりは雑巾一枚では足りなかった。随分長いあいだ掃除が行き届いていなかったから、ずぶ濡《ぬ》れになった雑巾は真っ黒に汚れている。

千夏子はその場にへたりこみ、全てを洗い流すような雨を見つめた。——全てなかったことにしてくれればいいのに。私のことも、どこかへやってくれたらいいのに。どれくらいそうしていたのだろう。リビングに置いてある電話が鳴り、びくんと大《おお》袈裟《げさ》に肩が跳ねた。


——一体、誰だろう。


最近はもっぱら携帯電話ばかり使っていて、番号を知っていても固定電話にかけてくる人は数少ない。そもそも電話を引いたのもそのほうがネット料金が安くなるからと業者に言われたからだった。

いろんな想定をして、夫かもしれない、と思い至る。千夏子の携帯は、先日壊れてから、夫、信二《しんじ》が持ち歩いている。近々解約することもすでに決められてしまった。

「……もしもし」

用心深く、こちらの名前は名乗らなかった。が、受話器の向こうから聞こえた声は、夫でも見知らぬ人でもなく、保育園の担任だった。子供を迎えに来てくれと言われるのだろうかと、適当な部屋着にメイクをしていない顔を窓ガラスに映す。急げば十五分で家を出られるだろうか。こういうときに車の免許を持っていればとぼんやり思う。豪雨の中、レインコートを着て、自転車を飛ばすのは、いつも辛《つら》い。だけど、たとえ、免許を持っていたとしても、夫は自分の愛車を妻に使われることを嫌がるだろう。

が、担任の先生は、

「落ち着いてきいてください」

用件を言う前に、そう前置きした。

言葉とは裏腹に、かなり焦った様子だった。そんなに高熱が出たのだろうか。今朝、何か変わったところはあったたか。何も思い出せない。

「夏紀《なつき》ちゃんがいなくなりました」

思いがけない言葉に「は？」と間の抜けた声が出る。

「夏紀ちゃん、いつもみたいに園の外に散歩に行ったとき、一人でどこかへ行ってしまったんです」

行ってしまった、とオウム返しすることしかできない。受話器の向こうで、「すぐに手分けをして探したんですが、見つからなくて警察を呼びました。お母さんは具合が悪いということで今朝はご主人が送ってこられましたけど、今から園にいらっしゃることはできますよね？」と、さっきよりも落ち着いた、少し高圧的な声で訊《き》かれた。やっとの思いで、はいと返事をし、電話を切る。

——私のせいだ。

震える右手を左手で胸に引き寄せ、自分を抱きしめるように背中を丸める。

担任の先生もきっと千夏子のせいだと思ったのだ。家でもっとちゃんとしつけてくださいと、毎日毎日言われていた。そういえば、さっきの電話で一度も、謝られていないと気づく。「ほら、だから言ったのに」そう思っているのだろう。だけど、千夏子には、違う、という確信があった。

——夏紀は自分でどこかへ行ったんじゃない。連れ去られたのだ。

が、その原因を作ったのは間違いなく千夏子だった。こんなはずじゃなかった、と思わず口からこぼれる。ただ、ほんの少し、出来心で。日々の不満を、解消していただけだった。

夫に電話をするべきだろうか。いや、絶対にするべきだと頭では分かる。だけど〈例の一件〉以降、信二は人が変わったかのように独裁的だった。何にキレるか、今は分からない。もしかしたら、ひょっこり見つかるかもしれない。それならば、言わないで様子を見たほうがいいのかもしれない、と無理やり楽観的に考えようとする。が、はたと立ち止まる。

――もしこのまま、夏紀がいなくなったとしても、何か困ることがあるだろうか？もし、このまま見つからなかったら、母親という肩書を捨てることができるんじゃないか。

もう一度、電話が鳴り響く。

犯人からだ、と千夏子は確信する。保育園から見つかったという連絡である可能性がないわけではない。けれどそうだとは到底思えなかった。

恐る恐る受話器を持ち上げ、耳にあてる。
「……もしもし」
おかしいくらい、声が震える。
聞こえてきたのは、千夏子が思った通り、〈彼女〉の声だった。
一体、どこから間違えたのか。
千夏子は四ヵ月前の春、彼女に出会った日のことを思い出す。

第一章

*

客足が途絶えた頃を見計らって、「そろそろ代わるわよ」と夕方からのパートリーダーがレジに入ってきた。千夏子は壁にかかっている時計をちらっと盗み見た。三時二十分。

「タイムカード押してからすぐに買えるように、めぼしい商品をカゴに入れといたら？

今、お客さんほとんどいないからさ」

「ありがとうございます。

でも、保育園には仕事が終わったらすぐに行かなきゃいけないことになってるんです。

買い物袋持っていったら、怒られちゃうので」

顔をあわすたびに同じような会話を交《か》わしているが、彼女はそのたびに初めて聞いたように驚いてくれる。

「何それ、本当に融通がきかない保育園ね。そんな目くじら立てなくてもいいじゃない。他のお母さんたちも生真面目《きまじめ》に守ってるの？」

千夏子は曖昧《あいまい》に笑って誤魔化す。彼女の言うように〈他のお母さんたち〉は買い物を済ませてくることも多々ある。車に置いてくる人もいれば、部屋まで買い物袋をぶら下げていく強者《つわもの》だっている。けれど、千夏子のように怒られている人は今まで見たことがない。大半の人は「あら今日はカレーかしら？」と袋を覗き込まれて「ちょっと寄ってきちゃいましたごめんなさいー」なんて笑いながら話をしている。それでも千夏子は自分だけが目の敵《かたき》にされている理由を分かっているから、不公平だなどと声をあげる気はなかった。非は、我が家にある。

「それでもどうせ戻ってくるんだったら、買っておいて裏に置いておけばいいじゃない。

子供連れて買い物するの大変でしょ。ぱっと取りに来たらいいんだから。もうあがっちゃいなさいよ。

ねえ、店長！　千夏子ちゃん、もうあがっていいわよね！」

ちょうどレジの前を通りかかった店長が、二つ返事で頷《うなず》く。もう十年ここで働いているという彼女は、ある意味店長より権力を持っている。若い女性社員なんかは最初の一歩を間違えて、彼女に相当嫌われ、居心地が悪い思いをしている。

「すいません、じゃあ、お先に失礼します」

彼女の提案に有り難くのらせてもらい、急いでカレーの材料を買い、休憩スペースに置いてある冷蔵庫に押し込む。着替えを済ませ荷物を持つと、ちょうど退社時刻の三時三十分になったところだった。もう一度レジの横を通ってお礼を言い、表に出る。駐輪場に停《と》めたママチャリに跨《また》がり漕《こ》ぎ出した途端、背中の真ん中をつうっと汗が流れ落ち、額の生《は》え際《ぎわ》に髪の毛が張りつくのを感じた。まだ四月になったばかりだというのに、夏になったらどうなるのだろう。

――ああ、嫌だ。保育園に行きたくない。

スーパーの人たちが早く上がれるようにと気遣《きづか》ってくれるのは有り難い。けれど一方で、こうやって保育園へと自転車を漕いでいる時間が一日のうちで一番苦痛だった。ペダルが必要以上に重く感じられる。早く行かなければいけないと思う一方で、行きたくないと身体が拒否反応を起こす。行きたくないのに、行かなければいけない。もし二度と保育園に行かなくていいのであれば、夜遅くまでレジを打っていたほうがマシだった。

夏紀が通っている保育園は千夏子が勤めているスーパーから自転車を飛ばせば十分ほどの距離だった。が、迎えに行くのが嫌だからか、日増しに時間がかかるようになっている気がする。保育園から少し離れた場所に用意された駐輪場へ自転車を停める。前カゴに買い物袋を置きっぱなしにしている自転車が数台あるけれど、よくそんな無防備なことができるなと思う。と、スポーティーなブラックの電動アシスト自転車が視界に入った。後ろにつけられたチャイルドシートはヒョウ柄で一度見たら忘れない、──池上恵《いけがみめぐみ》の物だ。急に胃がキリキリしてきて、さっきとは違う汗が額に噴《ふ》き出《で》る。

「あ、なっちゃんママ、ギリギリのお迎え〜〜？　今日も、やらかしたらしいわよ」

園庭のジャングルジムの前を通りかかったとき、恵に声をかけられた。同じ三歳児クラスのママたちの視線が、一斉に向かってくる。

「こんにちは。あの、やらかしたって、また夏紀が」

千夏子が言い終わる前に頭上から、「あのねえ、なっちゃん、きょうもおこられてたよ〜〜」と言葉が降ってきた。

「みんながおうたをうたってるのに、おにわに出ておこられたの〜〜」

大人の話に交ざろうとジャングルジムから降りてきたのは、恵の娘、喜姫だった。〈キキ〉と読むその名前は、彼女のように整った顔でなければ見るに堪えないだろう。間違っても千夏子は夏紀にそんな名前をつけられない。

「夏紀が邪魔しちゃってごめんね、喜姫ちゃん。……ちょっと先に迎えに行ってきますね」

駆け出そうとした瞬間、「私たちはもう帰るわよ」と恵が笑う。

「私たち、別になっちゃんママを待ってたわけじゃないんだから。ねえ？」

固まった顔のまま、「そうですよね、ごめんなさい」と頭を下げ、小走りに立ち去る。後ろから笑い声があがったけれど、もう振り返らなかった。彼女たちはきっと子供を連れて、近所の公園に移動し、さっきの話を続ける。彼女たちが買い物袋を持っていないときは大抵その様子を見かけた。話題は千夏子と夏紀のことだろう。女はいつまで経《た》っても噂《うわさばなし》話が好きな生き物だと子供を産んで思い知った。

三歳児クラスの部屋に入る前に、担任の保育士、遠藤美穂《えんどうみほ》と目が合っていた。彼女はちょうど千夏子の母と同じくらいの年齢だ。大きく溜息《ためいき》をつき、部屋の隅《すみ》にいた夏紀に「お母さん迎えにきたから、荷物を持ってきて！」と大きな声で急《せ》かすのが外にいても聞こえてきた。

「……お世話になりました」

子供が親の顔色を窺《うかが》うように、ビクビクと部屋へ入る。美穂は「お帰りなさい」と仮面のような笑顔を浮かべた。

「夏紀ちゃん、ママはまだかまだかって首を長くして待ってましたよ。おしゃべりもほどほどにしてあげてくださいね？」

すいません、と頭を下げると、背中を伝っていた汗が首筋へと逆に流れた。早くこの場を離れたい。けれど美穂は「今日も」と言葉を続けた。

「夏紀ちゃん、みんなの輪に入れなかったんです。もう少し積極的になれたらいいんですけど。でも大きくなったら変わってきますからねー」

「本当に、毎日ご迷惑をおかけしてすいません」

夏紀のことを言われているはずなのに、自分のことを言われている気になるのは自意識過剰だろうか。――お前がママ友とうまくやれないから、子供も友達と仲良くできないんだ。

そのとき、千夏子の隣に他の子供のお母さんが駆け込んできて「すいません！　ちょっと話しこんじゃった！」と、軽く手をあわせた。

「お疲れさまー。葵《あおい》ちゃん、お母さん迎えにきてくれたよー」

美穂はさっきまでとは打って変わって優しい声色で子供を呼び、葵もまた「ミポリンせんせい、またあしたー」と抱きついた。美穂だからミポリン先生って呼んでね、と去年二歳児クラスの担任だった彼女から紹介があった。そのときは優しそうな先生で良かったと、安堵《あんど》していたのに。

葵のお母さんはその様子を微笑《ほほえ》ましく見守ったかと思うと、ふと千夏子に視線を移した。そして微《かす》かに笑う。――うちの子、素直でいい子でしょう？　そう馬鹿《ばか》にされた気がした。

……私が悪いんじゃない。悪いのは夏紀だ。もし葵ちゃんがうちの子なら、私だってこんなに苦労はしていない。

「本当にすいませんでした」

千夏子は夏紀の手を取ると、頭を下げて部屋を出た。夏紀が「ちょっとまってえ！」と手を振り払おうとするのを何とかやり込めて、駐輪場まで急ぐ。自転車の後ろにつけたチャイルドシートに無理やり乗せようとするけれど、夏紀はぐずぐず言って、座るのを拒否する。

「あんたいい加減にしなさいよ！　何が不満なわけ？」

頬を涙でベタベタに濡らして泣く夏紀を見ていると、やっぱりこの子が自分のお腹《なか》から出てきたとは思えなかった。それは病院で、取り上げてくれた助産師から「元気いっぱいですよ！」と見せてもらったときから感じていた。

その違和感を、誰にも話すことはできずに今まで来てしまった。が、それは日に日に大きくなり、保育園に迎えに行くのが苦痛になっている。

「これ以上泣くなら捨てて帰るからね！

あんたはお母さんのお腹に間違えて来た子なんだから！　本当はうちの子じゃなかったんだからね！」

無理やり足を摑んで座らせてベルトを締め、容赦なく自転車を走らせる。人目なん

て気にしていられなかった。早く家に帰りたい。今日はもうカップ麺《めん》でいい。そう考
えたけれど、さっきスーパーに置いてきたカレーの材料を思い出す。作らなくても、
取りに帰らないわけにはいかない。さっきまで感謝していたはずのパートリーダーや
店長の厚意を、今は鬱陶《うっとう》しく感じていた。
スーパーに着くと自転車を停め、やっと泣きやんだ夏紀をシートに乗せたまま中へ
と急いだ。危険だと分かっているけれど、中へ連れていったら絶対に寄り道をして帰
宅時間が更に遅くなる。レジの横をすり抜け、バックヤードへと走っていると、前を
行く母娘が「あれ、卵がないね〜〜？」とうろうろしていた。

毎週水曜日は卵の特売で通常置いてある場所とは別に、レジ前に特設売り場を作っ
ている。それを知らないということは常連客ではないのかもしれない。それとも特売
品を買わなくても良い富裕層か。ビーズのついたスキッパーシャツとシフォン地のプ
リーツスカートは共に白で、子育て中の母親の格好にはとても見えなかった。それも
量販店で売っているものではなく、ハイブランドだとすぐに分かる。先月号のファッ
ション誌に載っていたのを覚えている。時給八百五十円のパートが買えるようなもの
ではない。そして千夏子はボーダーのロンTにジーンズと、あまりに普通の格好をし
た自分が恥ずかしくなった。

じろじろと見ていたからか、彼女はぱっと千夏子の方を振り返った。何か嫌味を言

われるかと身構えたが、咄嗟《とっさ》に、「たまご」と言っていた。

「え？」

「あの、卵、探してますか？

今日は特売だから、レジ前に特設売り場がありますよ。あ、私ここで働いていて」

あたふたと言葉を重ねると、あっ、と彼女は笑った。

「ありがとうございます。言葉が漏れてましたよね、恥ずかしい。

最近引っ越してきたばかりだから知らなくて。助かりました」

あまりにまっすぐな笑顔で千夏子はたじろいだ。ここ最近、こんな風に感謝されたことはなかった。いつも早くあがりなと言ってくれるパートリーダーの優しささえ、「この店は私が回している」という自負のためだということに、千夏子は気づいていた。「独身で子供のいない人にはこういう配慮はできないわよね」と敵視している新人女性社員に絡んでいたのを聞いたことがある。

「いえ、大したことじゃないので」

すっと視線を逸《そ》らすと、ちょうど夏紀と同じ歳くらいの娘さんも、「ありがとう！」と笑顔を向けてくれた。その手には母親の手がしっかりと握られていた。夏紀だったらこんな風にいかない。手を振り払い、あっという間にどこかへ行ってしまう。

「それじゃあ、私はこれで」

そそくさと頭を下げ、その場を立ち去る。

――あの子が私の子供なら、私ももっとうまくできた。どうして私のもとに生まれてきたのは、夏紀だったのだろう。


家に帰ってカップ麺を食べさせ、嫌がるのを何とか風呂《ふろ》に入れ、テレビから離れないのをお気に入りの毛布と一緒に布団の中に押し込んだときには、十時を過ぎていた。台所のシンクには朝使った皿やコップがそのまま残っているし、洗濯物は畳むことなく床に山積みになっている。保育園から渡された使用済みの着替えもまだ、玄関に置きっぱなしになっている。とりあえず手をつけないと終わらないと分かっているけれど、どうしてもやる気が起きず、ソファに横になった。

朝は全く起きようとしないのに、夜になるほどに元気になる夏紀が、怪物にしか見えなかった。保育園でお昼寝の時間をなくして欲しいと心底思う。もっと園で遊ばせて、ぐったり疲れさせてくれたらいいのに。変な時間に眠らせるから夜になっても眠らない。だから自分の時間もなくなる、と千夏子は苛《いら》つく。

ジーンズのポケットから携帯を取り出す。何通かメールが届いていることに気がついていたが、それを見る時間もなかった。一通を開いてみる。〈コメントがつきました〉という文章と、URLが貼《は》られている。思わず笑みがこぼれ、急いでリンクを開く。

千夏子はもう七年ほど前からブログを書いている。これといった趣味があるわけでもなかった彼女にとって、唯一続いていることだった。

〈WELCOME HOME BABY〜ほんわか我が家へようこそ☆〉。これがブログの名前だ。

ブログを始めたのは不妊治療を始めたことがきっかけだった。

二十九歳で結婚した千夏子は一年半後に不妊治療を開始した。結婚したら子供を作るのが普通だと思っていたし、そんなに若いわけではない。夫の信二も自分より五つ年上のため、急ぐに越したことはない。そして、何より夫が子供を欲しがった。

デリケートなことだからと、当時は友人に相談することもできなかったから、どこかで気持ちを吐《は》き出《だ》したいと始めたブログだった。けれど夏紀が生まれ、しばらくして友人の中にも不妊治療で子供ができた人が少なくないことを知った。そして話をしていて口々に言われるのが、「うちの夫はそんなに協力的じゃなかった」ということだった。

不妊治療は、時間もお金もかかる。

一般的な検査は健康保険が利くからそんなに金額がかかるわけではない。けれど、タイミング療法から人工授精、更には体外受精へと治療がステップアップするにつれて、金額もまた跳ね上がる。そして、治療を続けたとしても〈絶対に〉子供ができるという保証はどこにもない。

千夏子と信二はタイミング療法を三回、人工授精を五回行ったところで、体外受精へ進まないかと医師に提案された。子供を作るための書籍や雑誌で、「夫が金がもったいないと言ってケンカになった」「夫が仕事を休めず、治療を受けられない」といった悩みを多く見ていたため、自分たちもそうなるんじゃないかと不安だった。

「……治療、どうする？」

病院からの帰り道、先に口を開いたのは千夏子だった。

家に帰って向かいあって話すより、運転中のほうが、ぽろっと本音をこぼすのではないかと思った。夫があまりにも治療に積極的で、尚且《なおか》つ千夏子の身体にも気を遣ってくれていたため、無理をしているんじゃないかと疑っていた。

「どうするって、どういう意味？」

まっすぐ前を見たまま信二は言った。

「体外受精って、お金がかかるでしょう。

それに話を聞く限り、仕事をしながらの治療は大変そうだなって。今でも急に病院に行かなきゃいけなくなった日は嘘《うそ》をついて休んでるし、不妊治療に理解があるような職場じゃないから」

「千夏子はさ、子供を作ることと、仕事、どっちが大切なの？」

そう訊《たず》ねられ、言葉が喉《のど》に詰まった。答えは決まりきっている。

「……子供を作ること、だけど」

「だけど？」

「正社員の仕事を簡単に辞めていいのかなって思うし……」

「でも、子供ができたら辞めるって前から言ってたよね？　それなら子供を作るために辞めたって、そんなに大差はないんじゃない？」

「……本当に、辞めていいの？」

「当たり前じゃない。何で辞めたらいけないなんて思うの？」

「だって、今はもう、共働きが普通だし」

「世間が何て言おうと関係ないよ。千夏子はどうしたいの？」

「……仕事を辞めて、不妊治療に専念したい」

「じゃあ、そうしよう。悩むことはないよ」

千夏子はそれからすぐに退職届を出し、有給を消化して、結婚前から働いていた予備校を辞めた。

もともと講師陣やパートの事務員の浮ついた軽いのりについていけず、入社当初から辞めたいと思い続けていた。が実際に行動に移すことはできずにきた。辞めて転職したところでどこへ行ったって自分は同じだろうと想像ができた。それなら新しい職場でもう一度「やっぱり駄目だった」と絶望を感じるより、職務内容が分かっている今の職場のほうがいいだろうと考えた。

その予備校に勤めていて良かったのは、夫と出会えたことだろう。

榎本信二は書店の外商部の営業として働いていて、以前の担当と代わったからと挨《あい》拶《さつ》に来たのが初対面だった。千夏子は正直、前の担当が苦手だった。千夏子と同い年で向こうが商品を見てもらいに営業に来ているはずなのに、態度がちゃらついていて横柄だった。もっとおしゃれしたらいいのに、愛想《あいそう》が悪いと嫁に行き遅れるよ、などと顔をあわすたびに軽口を叩き、千夏子を奈落《ならく》の底に突き落とし、そのことに気づくことすらなく出されたお茶を口にする。それでも彼は仕事を取って帰る優秀な営業マンだった。〈そういう態度〉を取るのは千夏子にだけだったからだ。〈仕事の話をする〉相手である講師陣の前では、礼儀正しく爽《さわ》やかな好青年だった。結局、千夏子は〈大したことがない相手〉と判断されたのだ。それが、悔《くや》しく、でも真っ当な評価だと納得すらしていた。

一方で信二はあらゆる意味で前任とは正反対だった。

生真面目で不器用。

それが講師陣の見解だった。前任のように「今日も可愛《かわい》いですねえ」などと軽口を叩きながら胡麻《ごま》をすることも、相手の趣味を知って世間話に花を咲かせようともしなかった。ただただ毎回、自分が持ってきた商品がどういう物でどれだけお薦めか、それだけを話して帰った。

背が低く、ヒールを履いた講師の女性の横に並ぶとほとんど目線は同じになる。そのこともあって、〈ちびっこ〉とあだ名をつけられ、「話していてもおもしろくないから〜〜」と、信二の相手をするのはいつも千夏子の役割になった。どの書籍を教材に使うか、または自分の授業の研究用に購入するかなど、決定するのは講師陣であって千夏子ではない。それなのに時間の大半を事務員と一緒に過ごさせ、ほんの少ししか講師が顔を出さないのは失礼で、申し訳なかった。

信二が担当になって、三ヵ月が経った頃だった。昼休みに銀行に振り込みをしに外へ出たとき、駐車場に彼の社名が入った車が停まっていることに気がついた。物陰《ものかげ》で誰かと話しているのか、声が聞こえる。盗み聴きしてはいけないと躊躇《ちゅうちょ》したが、そっと距離を保《たも》って近づくと、——信二の姿しかなかった。

「こちらが今月の新刊で」

「ですから、ぜひ」

「お時間いただき、ありがとうございました」

それが、リハーサルなのだということに気づくのに、時間はかからなかった。誰もきちんと聞いていないというのに。そして先週、講師陣が「ちびっこって話が長くて困るよね。自分が言いたいことだけ話して帰るっていうかさ」と話しているのを信二が耳にしたのではないかと思い至る。

その緊張した横顔を眺《なが》めながら、なんて真面目なんだろうと感動すら覚えた。生真面目で不器用。

それは千夏子もずっと、子供の頃から言われ続けてきたことだった。予備校の同僚らが、「ちびっこ二人でお似合いよね」と揶揄《やゆ》して笑っていることも知っている。

「こんにちは」

ありったけの勇気を振り絞って、声をかけた。信二は万引きをしていたところを発見された子供のように肩をびくつかせた。

「お昼、もう召し上がりましたか？」

質問の意味が分からないといった表情で信二が「まだです」と答える。

「今、先生たち、遅めのお昼に出ちゃってるんです。

だから、もしよかったら、一緒にご飯食べませんか？　ちょっと歩くんですけど、美味《お》しい《い》オムライスのお店があるんです。私、今からちょうど、行くところなんですけど」

嘘をついた。銀行から帰ったら、休憩室でお弁当を食べる予定だった。卵焼きと塩《しお》鮭《ざけ》と、冷凍食品のほうれん草の胡麻和《あ》え。梅干しと塩昆布がご飯の上にのっている。毎日ほとんど変わらないメニュー。それを捨てて、別の何かを得たかった。男性を食事に誘うなんて、人生で初めてだった。

「教えてくれてありがとうございます。お昼時に伺うなんて非常識でしたよね。ご迷惑じゃなかったら、ご一緒させてください」

それから時々、信二が来たときに時間が合えば、ランチに出るようになった。たわいのないメールを送りあい、敬語が抜けた頃に休日にデートに誘われつき合うようになり、その半年後にプロポーズをされた。最初こそ、千夏子から動いたけれど、その後は信二がリードしてくれた。

全てにおいて計画性があって、きっちりとした性格の信二だったから、子供を作ることにおいてもしっかり勉強し、女性の身体の負担も理解してくれていた。理想の夫だった。

だから、四回目の体外受精がうまくいったと知ったとき、千夏子はこれで、自分の人生に必要な全てのものを手に入れたと確信していた。——私の人生は完璧《かんぺき》だ。

今思えば、あの瞬間が、千夏子の人生の絶頂だった。

「ただいま」

夫の声で目が覚めた。携帯を握ったまま眠っていたらしい。随分深い眠りについていたらしく、すっきりしたわりに、ほんの十数分しか経っていなかった。最近信二は午前様になることが多く、夕飯も済ませてくることが常だ。こんな時間に帰ってくることは珍しかった。

「ごめん、ご飯食べてくると思って何も作ってないんだけど」

急いでキッチンへと行くと、夫はシンクを眺めて深い溜息をついた。

「玄関に夏紀の荷物が置きっぱなし。

洗濯物は畳んでない。

晩飯は、……カップラーメン？」

「ごめんなさい。ちょっと疲れてうとうとしちゃって」

「早く洗濯機回したら。これ以上遅くなったら近所迷惑でしょ」

夏紀を目の前にすると何もする気がなくなるのに、夫が視界に入ると途端にエンジンがかかる。素早く洗濯機を回し、キッチンに戻って洗い物を始める。信二はぶら下げて帰ったコンビニの袋からサラダを取り出し、テレビでニュースを見ながら黙々と食べ始めた。

「……あのね、今度の休みのことなんだけど、何か予定ある？」

なるべくさらりと切り出す。信二はちらりと千夏子を見て「何で?」と逆に聞き返してきた。

「ほら、この間、二人で洗車に行ってくれたじゃない? 遊園地のアトラクションか何かみたいでおもしろかったみたいだから、お願いできないかな? その間に、夏紀の春服を見てこようかと思ってるんだけど」

あくまで自分の服ではなく子供の服であることを強調した。決して子供と離れたがっているわけではないと、夫になのか、それとも自分になのか、言い訳のように胸の中で唱える。が、信二の舌打ちが、やけに大きくリビングに響く。

「もう、二度と連れていかないって決めてるから。車、傷つけられたって言ったよね?」

貧乏ゆすりが始まる。タンタンタンタンタンタンタンタンタン。小刻みに揺れる親指がフローリングを叩く。音などしないはずなのに、千夏子の耳には確かにその音が届く。

「そうだけど、でも、私もちょっと、一人になりたいし……」

うっかり口が滑《すべ》って本音を口走る。そしてやってしまったと息を呑《の》む。

「千夏子。子供ができて幸せだって言ってたよね? 俺みたいに不妊治療に協力的な夫は他にはいないって言ってたよね? それなのに、まだ何か欲しいものがあるの？」

ぐっ、と喉が詰まる。信二の言葉はいつも理論的で正論だった。千夏子に反論の余地を与えない。返事がないことを返事だと捉《とら》えた夫は、それ以上言葉を発さなかった。小動物がそうするように淡々とリズムよくサラダを咀嚼《そしゃく》し、食べ終えると何も言わずに風呂場へと向かう。ご馳走《ちそう》さまくらい言えばいいのにとちらりと頭に浮かんだけれど、そもそも食事を作ったのは自分ではなかったと、何とか夫を肯定しようとした。


全ての家事を終えてシャワーを浴びると日付が変わっていた。信二はすでに寝室に行っていて、今頃は規則正しい寝息を立てていると容易に想像ができた。髪の毛をタオルで拭《ふ》きながら、千夏子はソファに沈み込む。最近はまっすぐ寝室へ行く気になれなかった。夫の隣だと、どうしても頭が回転して、眠気が降りてこないのだ。静まり返ったリビングで、もう一度携帯を開く。さっきはブログにコメントがついたのだと喜んだけれど、それは読者からではなく広告コメントだった。深く溜息が出る。もう随分、コメントがついていない。

ブログを開設し、事細かに不妊治療についての記録を残していた頃は、返事をするのが大変なくらいのコメントがついていた。

〈一緒にがんばりましょう〉

〈焦らずにいきましょうね〉

〈仲間ですね〉

それまでブログを読むことはあっても、積極的にコメントやメッセージを送ったことはなかった。だから、こんな風にネット上で顔も知らない人と交流するということが不思議で、……それでいて悪い気もしなかった。大人になってから友人を作るというのは本当に難しい。同じ目的を持って声をかけあえる仲間なんて、いつぶりだろう。退職してからは、売るほどに時間があった。その大半をブログに費やした。

驚いたのは、千夏子が夏紀を妊娠したときだった。

体外受精が成功したのを報告したとき、驚くほどのコメントが殺到した。普段交流のなかった人たちもこぞって〈おめでとう〉と言ってくれた。まさかこれほどの人が自分のブログを見ているとは知らなかった。

そして、個別にメッセージを送ってくる人が急に増えた。それは、〈抗精子抗体の検査は受けましたか？〉というような具体的なものから、〈子宝祈願のために、お守りなどは持っていますか？　おすすめはありますか？〉というような神頼みのような相談まで、さまざまだった。

悩みを打ち明けられるたびに、彼女たちの必死な思いが伝わってきた。そして、言い表しようがないほどの快感を覚えた。

――この人たちは、私のことが羨《うらや》ましいんだ。

子供の頃からずっと地味だった千夏子は、誰かに羨望《せんぼう》の眼差《まなざ》しを向けられたことなど、一度もなかった。いつだって日陰《ひかげ》で、他人が持っていて自分の中にはないものを数え、絶望感を募《つの》らせていた。まさか自分が、誰かの上に立つ日が来るとは、考えたこともなかった。

もらった相談には、丁寧にメッセージを送り返した。

ブログの記事にも、自分が買い求めた子宝グッズの紹介、毎日やっていた運気が上がるというジンクスの話、ストレスを減らして妊娠しやすくするための食事レシピなど、彼女たちが知りたがったことをどんどん書いていった。そのたびに、コメントがつき、〈ありがとうございます、励《はげ》まされます〉と感謝された。

余波は、それだけではなかった。

ブログのランキングが、妊活のカテゴリの中で一位になった。

ブログ訪問者数も一日に数万人を超え、おすすめ記事にも選ばれた。読者数もコメント数もどんどん増えていったけれど、比例するように批判的なコメントもつくようになっていた。

〈不妊治療をしている人の気持ちが分からないんですか？〉

〈妊娠した途端、自慢するようなことを書いて、恥ずかしくないんですか？〉

〈リンクが貼ってある商品は、アフィリエイトなんじゃないですか？〉

が、それを心配してくれる圧倒的な数の味方がいた。その高揚感《こうよう》は、まるで自分が神様にでもなったような、そんな錯覚すら覚えた。

陣痛中の妊婦に富士山《ふじさん》の絵を描いてもらい、それを携帯の待ち受けにすると妊娠する。そんなジンクスがあるというのは、子供が欲しいと思ったときにいつの間にか耳に入っていた。だから出産準備の鞄《かばん》の中に、赤いクレヨンと画用紙を予定日のずっと前から用意していた。陣痛が始まり苦しむ中で絵を描く妻を、夫は止めようとした。が、それでも千夏子は読者のために、心を込めて、描いた。赤い富士山とそこに昇る太陽。そして子宝の文字。それが自分の使命なのだとさえ思っていた。大切な読者のための仕事なのだ、と。

だから、まさか、こんなことになるとは思わなかった。

二十四時間続いた陣痛すらも嬉《うれ》しいと思っていたのに、助産師さんが満面の笑みで夏紀を見せてくれた瞬間、――違う、と思った。

あなたは、私の子供じゃない。

一体、誰なの？　と。

出産の報告をする記事を、一ヵ月は書けなかった。この気持ちを何と表していいのか分からなかったのだ。ただ、何かの間違いなんじゃないかという違和感しかなかった。

毎日更新していたから、随分読者も心配してくれた。けれど、人は熱しやすく冷めやすいものだ。さっさと別の人を〈神様〉として選び、信仰していく。そうなって初めて知った。〈神様〉なんて誰でも良いのだ。人はみんな、自分に都合の良いものを信じる動物だ。

それでも千夏子は、あの数ヵ月の高揚感を忘れられなかった。自分が全てを支配しているような、全能感。絶対にブログだけは続けたかった。そこだけが千夏子の世界だった。

一ヵ月の間に転がり落ちたランキングを、何とかもとに戻したい。けれど、記事にするようなことが見つからなかった。本当なら不妊治療から妊娠までの記録をつけてきたのだから、そのまま育児を記事にすればいいのだろう。でも、育児を楽しいとは、――夏紀を可愛いとは思えなかった。読者に〈羨ましい〉と思ってもらえるようなことがなかった。

ママと子供のコーディネートを載せるブログが流行《はや》っていると知り、千夏子も〈ママと娘の仲良しコーデ〉と称して記事を書いている。けれど、そんなにたくさん服が買えるわけでなく、ましてや自分のずんぐりとした体形の写真を載せるわけにもいかない。服をハンガーにかけて撮っただけの写真を載せるしかなかったが、インパクトはなかった。上位を占めるブロガーはみんな、モデルと見紛《みまが》うような容姿に恵まれている。

ランキングはいっこうに上がる気配がなかった。夏紀も昔はふりふりとした服を着てくれていたけれど、最近はそういうものは嫌だと拒《こば》むようになってきた。何のおもしろみもない。

自分からランキングの高いブログを訪問し、コメントを残して交流を持てば、それを見た読者が訪問してくれることもあるだろう。けれど、それはプライドが許さなかった。

自分はネット上に友人が欲しいわけではなかった。ただ、もう一度、〈神様〉になりたかった。

＊＊

仕事を終え更衣室で携帯を確認すると、メールが一通届いていた。差出人の名前を確認し、宇多野結子《うたのゆいこ》は小さく溜息をつく。返信は後にすると決め、百貨店の中で持ち歩いている透明のビニールバッグから荷物を取り出し、通勤用の鞄に詰め替える。

「お疲れさまです」とよそ行きの声を出し、従業員出口へと急いだ。店長になってから滅多《めった》にない早番なのだから、一分だって無駄にしたくなかった。

バスに飛び乗り、ほっと一息ついたところで、もう一度携帯を取り出す。面倒なことは家に着く前に終わらせてしまいたかった。

〈うちの子が作ってくれたクッキーです。可愛いでしょ？

結子も早く産んで、一緒に遊ばせようよ。もう三十七なんだから、急ぎなって〉

写真と共にそう送ってきたのは木南夕香《きなみゆうか》。結子が働いているアパレルブランド〈intel-ligence〉のお客様だった。もう十年以上、結子の顧客様で、結子が応対した中で一番長いつき合いだった。広告代理店に勤務していた彼女は、結子にとって、理想の〈働く女性〉だった。それはお客様と店員という立場を取っ払ってでもつき合っていきたいと思うような存在で、——本来はお客様とプライベートでつき合うことは禁止されていたけれど、唯一、連絡先を交換した相手だった。

お互いのペースで無理をしないという約束を交わし、雑誌で取り上げられていた気になる店で食事をする。五歳年上の夕香の話はいつも意識を高めてくれて、結子の知らない世界を見せてくれた。

産休に入る前に、最後にランチをしたとき、「すぐに復帰して仕事も子育ても両立させるわ。働く姿を子供に見せたいの。それも良い教育になると思うわ」とにこやかに言っていた。

久しぶりに会えないだろうかと結子から連絡を取ったのは、ちょうど、育休が終わる頃だった。働き始めたらきっと、会う時間なんてなくなる。外に出るのが大変なら、デパ地下で惣菜《そうざい》を買っていくから、夕香の家で食べるのはどうかと提案し、ぜひ来て、と言ってくれたのだった。

「出勤はいつからになったんですか？」

パステルカラーのベビーベッドでようやく眠った赤ちゃんを起こさないように、結子は声を潜めて訊ねた。独身時代はモノトーンで統一したワンルームだったけれど、子供が増えると色みも増えるのだと、ぼんやりと思う。が、ノンカフェインの紅茶を飲んでいた彼女は、ふっと鼻で笑った。

「そんな、仕事復帰なんてできるわけないじゃない。こんなに小さくて可愛い子を他人に預けられる？　鬼じゃないんだから。

仕事は辞めることにしたの。当たり前でしょう？」

え？　と固まった結子に、「産んでみたら分かるわよ」と小さく笑う。

「女は子供を産んでこそ、幸せになれるのよ。ようやく分かったわ。

結子もさっさと結婚して、子供を産みなさい。タイムリミットがあるんだから」

そうですね、と頷き、こんな人じゃなかったのにと小さく失望していた。こんなデリケートな話題を持ち出すときは、慎重に言葉を選ぶ人だった。決して相手を傷つけるつもりはなくても、時と場合によってはそれが凶器になり得ると知っている人だった。間違っても最近、恋人に振られた友人に対して、こんな言い方をする人ではなかった。

それ以来結子のほうから連絡を取ることはなくなったけれど、定期的に夕香からメールが送られてくる。それは大抵、子供の近況だった。半年前に結子が結婚してからは、「早く子供を産んだほうがいい」と、事あるごとに諭された。

大きなお世話だと言ってしまえれば楽になれるが、もともとの始まりは、お客様と店員である。今でも半年に三回から四回来店してくれるし、一度の買い物で五万円は使ってくれる。普通の友人関係ではないのだ。こういうことがあるからプライベートでつき合ってはいけないという規則があるのだと、問題が起こってから身に染《し》みて分かる。

〈すごくおいしそうなクッキーですね！　夕香さん、良いママしてますね！〉

散々悩んで当《あ》たり障《さわ》りのない返事を打ち込み、送信する。どっと疲れが襲ってきて、また、溜息がこぼれる。ふと顔をあげると、向かいにお腹が大きな女性が座っていた。自分より十歳は若く見える彼女は、そっとお腹に手をやり、微笑を浮かべている。思わず目を背けた。

早く産んだほうがいい。タイムリミットがあることくらい、結子だって嫌というほど分かっていた。

もう一度携帯を取り出し、今度はネットに繋《つな》ぐ。

〈セックスレス　解消〉

バスの中でこんな言葉を検索する日が来るとは思わなかった。熟年夫婦ならまだしも、結婚して半年しか経っていない新婚なのに。

やっぱり五歳という年齢差は大きかったのかもしれない。それも妻のほうが年上というのは。涙が滲《にじ》みそうになるのを奥歯を嚙《か》んで堪《こら》える。何か方法があるはずだ。ずっとこのままのはずがない。誰にも相談できない悩みを、結子はひたすら検索し、スクロールしていった。どこかに答えがあると、信じたかった。

夫、宇多野《うたの》創《そう》と出会ったのは、友人の結婚式だった。

三十代半《なか》ばを迎え、友人として結婚式に出席するのはこれで最後になるかもしれないなと、まだ予定のない自分を少し寂《さび》しく思っていた。

彼は新郎側の列席者だったけれど、披露宴の最中もずっとビデオカメラを回していたのでとても目立っていた。まるで業者のように忙しく動き、食事を摂《と》っている様子もない。新郎新婦が写真を撮るために結子のテーブルに移動してきたときに何気なく訊ねると、彼は映像制作会社で働いているのだと教えてくれ、納得した。

ビデオ撮影の傍《かたわ》ら、列席者にデジカメを渡され、愛嬌《あいきょう》のある笑顔で「はい、ピース！」とカメラを構える姿は、それだけで会場を陽気にしていた。次々に頼まれ囲まれる姿は、遊園地のマスコットのようで、笑ってしまう。

二次会へ移動する前に化粧を直そうとトイレへ行くと、男子トイレから彼が出てきたのにばったり出くわした。その目があまりに赤く充血し、涙が溢《あふ》れていたから、「どうしたんですか？」と、つい声をかけ、ハンカチを差し出した。彼は「あ、いや、すいません」と、涙を拭《ぬぐ》いながら苦笑いした。

「花嫁から両親への手紙ってやっぱり、ぐっと来るものがあって。すいません。他人の式に出て泣くのって、おかしいとは思うんですけど」

そう言って、はっとしたように目を見開く。

「他人って、新郎のご友人ではないんですか？」

「あ、いや。正確に言うと、友人の友人で。顔を合わせたのも、打ち合わせのときの二回だけなんですけど。

……これ、秘密にしてもらえますか？

外注カメラマンとして入ったのがばれたら持ち込み料金を払わなきゃいけなくなるんですよ。それは彼らに申し訳ないので……」

地声が大きいのだろうか。内緒話だとは思えないようなボリュームの声に戸惑いながら、

「それは、言いませんけど。でも、あなたはプロのカメラマンなんですよね？

本当ならきちんとお金をもらえることなのに、あまりに失礼なんじゃ」

結子が言い終わる前に、彼は、ふっとおかしそうに笑った。

「……何かおかしいですか？」

「あ、いや、そんな風に言ってくれる人初めてだったんで。

みんな、僕が結婚式で映像撮ったりする仕事もしてるって知ると、じゃあ俺のときも頼むよ、なんて軽く言うんですよ。今日も何回言われたか。

……すごく、しっかりした考え方をする人なんだなあ、って。嬉しくなって、つい」

彼はそう言って、背広の内ポケットから名刺を取り出し、結子に差し出した。

「宇多野創って言います！　大学時代の先輩が起こした映像制作会社で働いてるんです。ハンカチも洗って返したいし、良かったら今度、食事に行きませんか？」

はきはきとした喋《しゃべ》り方と弾《はじ》ける笑顔が体育会系の男子といった感じで、先輩から可愛がられている姿が目に浮かぶようだった。ぜひ、と受け取り、大切に鞄にしまったときには、久しぶりに打算抜きで、その人柄に惹《ひ》かれていた。

何度か食事をしたけれど、好きだとかつき合おうだとかいう話は、いっこうに出る気配がなかった。彼が年下だからか、一緒に並んでいても弟と姉といった感じで、色気は全くない。彼が少し緊張しているように見えるのも結子といるからではなく、結子が選んだ店の雰囲気にのまれているからだった。あまり店を知らないという彼の代わりに結子が普段行きつけのカフェやイタリアンに連れていったのだけれど、途端に借りてきた猫のように小さくなってしまった。普段どういうところで食事をしているのか訊ねると、「ファミレスやチェーン店の居酒屋くらいにしか行かなくて。すみません」と謝らせてしまい、逆にこちらが申し訳なくなってしまった。金使いの荒い女だと思われたかもしれない。それでなくても、創の話は大学時代の先輩の話や仕事の話ばかりで、休日にお金を使っている気配が全くなかった。学生時代に映画を作っていた頃の話なんかを聞くと、あまりにキラキラしていて結子は目が眩《くら》んでしまう。そんな風に仲間と何かに熱中したことはなかったし、学生時代の友人も年賀状を送りあう人が数人いるくらいで、話題にするようなことではなかった。

もう次はないかもしれないと覚悟した別れ際、店の前で、「今度」と声をかけられた。

「今度、会社のみんなでバーベキューをするんです。良かったら結子さんも来ませんか？」

「私がお邪魔していいんですか？　……恋人でもないのに」

白黒はっきりしないのは我慢できない性格だった。ダメならダメと言って欲しくて自分から爆弾を仕掛ける。と、創は、すうっと息を吸って、

「じゃあ、恋人になってくれませんか！」

どれだけ肺活量があるのだとつっこみたくなるような大きな声だった。店から出てきた人たちがちらちらとこちらを見て笑っている。

「年下で、頼りないって思われているかもしれないけど、でも、絶対に結子さんを幸せにします！」

まるでプロポーズだと唖然《あぜん》としつつ、それでも素直に嬉しかった。

「よろしくお願いします」

そう返事をすると、よかったあ！　と結子を抱き寄せ、かと思うと慌ただしく手を放し、すいませんと謝った。

「仲間に紹介します！　みんな気の良いやつなんで、すぐに仲良くなれると思います！」

そう彼が言ってくれたとき、結子はただただ喜んでいたはずだった。彼の大切な仲間に、自分も入れてもらえる。それは楽しみなことのはずで――、まさかこんなに重いものになるとは思ってもいなかった。


「ただいま」

誰もいないと分かっていながらそう呟《つぶや》いてしまう癖《くせ》は、創と結婚してからついたものだった。一人暮らしの部屋に帰るのは全く寂しくなかったのに、二人で暮らしている部屋に一人でいるのはこんなに切ないものなのだと初めて知った。

バス停の目の前にあるスーパーで買い物をし、夕食を作っている途中で携帯が鳴る。

〈ごめん！　今日も泊まりになった！〉

夫からのメールを見て、途端にやる気が失《う》せる。一人だと分かっていたら納豆ご飯でも食べて終わらせていたけれど、すでにかぼちゃを煮たり、お浸しを作ったりと、食事の支度は整いつつある。メインは鮭のホイル焼きにしようと思っていたけれど、食欲はなくなっていた。明日のお弁当用に残しておくことに決め、後片づけをすると、先日買った本を持って浴室へと移動する。みぞおちあたりまでお湯を溜め、蓋の上にタオルを敷いてテーブル代わりにして、〈ママになりたい！〉と書かれたその本を広げた。

独身時代、子供を持つことを具体的に考えたことなどなかった。もちろん年齢を重ねると妊娠しにくくなるということは知っていたけれど、それでも世の中には四十歳を超えて出産した人もいるし、不妊治療をすれば何とかなるだろうという認識しかなかった。それでなくても、結婚適齢期なんて言葉は死語に近いと思っていたし、晩婚化が進んでいる。だから、何気なく書店で手に取った不妊治療の本の中に、〈妊娠適齢期〉という言葉を見つけて驚いた。

〈結婚適齢期〉はなくても〈妊娠適齢期〉はある。

〈妊娠適齢期〉は二十代から三十代前半。

女性は卵巣から老化する。

ショッキングな言葉の羅列に思わず目を覆いたくなった。そんなこと誰も教えてくれなかったじゃないかと、どこにぶつけていいか分からない怒りすら感じた。これからは女性も働く時代。社会がそういう雰囲気を作っているのに、実際にそうしていたら産めない年頃になっていたなんておかしい。

壁に掛けていたマザーリーフの形をした湯温計を湯船につける。妊活をすると決めたときに願掛けとして買ったものだ。これを使って半身浴をすると赤ちゃんに恵まれるとネットで話題になっていた。以前の結子なら馬鹿馬鹿《ばかばか》しいと一刀両断していたけれど、今は何でも試したかった。三十八度。熱すぎずぬるすぎず、良い温度だ。これで少しは確率が上がるはずだとほっとし、いや、そもそもそういう行為をしないと確率も何もあったもんじゃないと、また泣きそうになる。

結婚する前はデートのたびに身体をあわせていたのに、まさか一緒に暮らし始めて、それが一切なくなるとは思わなかった。そんな前兆など全くなくて、寧ろ毎日顔を合わせるのだから、回数も増えるだろうと、甘い期待を抱いていた。

一緒に暮らすようになって一ヵ月ほどは確かに、結婚式や新婚旅行で休んだために仕事が溜まり、お互い家にいる時間が合わずすれ違っていた。顔を合わせて「おはよう」と「おやすみ」を言うことすらできない日々が続いていたけれど、そんなときようやく、揃《そろ》って休みを取れた。

久しぶりに同じ時間にベッドに入るのだから、意識しないほうが変な状況だった。ベッドに入るとまだ生乾きの夫の髪から、お揃いのシャンプーの香りに混ざって彼の皮膚の匂《にお》いがした。そのとき、改めて夫婦になったのだと実感した。

夫が照明を消し、そっと手を握られた瞬間、愛おしさが溢れ、今すぐに触れたいと思っているのは自分だけではないと確信した。夫の二の腕に額を押し当てる。こんな風に無防備に甘えられるのは彼が初めてだった。夫だけは絶対に自分を傷つけたりしない。年下なのに有り余る包容力を持った彼には、全幅の信頼を置いていた。

いつもなら結子のその合図で、夫が頭を撫《な》で、髪にキスを落としてくれるはずだった。が、彼はさっと手を離し、

「……今日はしないよ。疲れてるから」

そう言い、背中を向けて丸まった。

あまりに突き放した態度に固まってしまい、身動きも取れずに、自分を拒否する夫の背中を見つめた。布団から伝わってくる体温が余計に辛い。自分の何が悪かったのか分からず、それでも恥じ入る気持ちは膨《ふく》れ上《あ》がる。

それから夫は、ベッドの中でも、外でも、結子に一切、触れなくなった。

どうしても家で顔を合わせる時間が短い分、それを埋めるスキンシップが欲しかった。気にしないようにしようとしても、いつの間にか考えてしまっている。

仕事が忙しいのは、理解しているはずだった。映像業界は時間も不規則で、こだわろうと思えばどこまでもこだわれると、徹夜明けのデートで目を擦《こす》りながら笑っていたのを覚えている。一週間会社で寝泊まりしたという武勇伝も微笑ましく聞いてい

た。大学時代の先輩が起業した小さな会社だから、ひとつひとつの仕事を丁寧にしていきたいという気持ちも、ひとつのミスで信頼をなくし、経営が立ち行かなくなるかもしれないという心配も、充分、分かっている。――けれどその一方で、だからこそ、消化できない思いが膨らむ。

その〈大切な仲間〉と一緒に仕事をしている創は、今の状況に対して不満を感じていないのではないか、と。

仕事と私、どっちが大切なの？　なんて、答えを出せるはずのない質問をぶつけるほど、愚か者になりたくなかった。ただ、仲間と私、どっちが大切なの？　という疑問は、日に日に大きくなっていく。

結子を抱く時間がない一方、会社の仲間と家族ぐるみでバーベキューをしたりホームパーティーをしたりする時間はどんなに仕事が忙しくても最優先で予定に入れる。もちろんそこに結子も参加することが前提だし、夫はその時間も、妻との時間とカウントしているのだろう。

けれど、いつだって彼らといると、一人ぼっちを強く感じてしまうのだった。仲間の一人ではなく、〈結子〉対〈彼ら〉。その彼らの中には、自分の味方のはずの夫が含まれている。

つい三日前に行ったバーベキューのことを思い出し、ぶるっと身震いをする。身体はじわじわと温まっているのに、冷たく固まった気持ちはほぐれる気配がない。

彼らと過ごして落ち着かないのは、まず、結子だけがぽんっと一人、世代が違うということが原因だった。創の先輩という人も結子の四つ下だったし、他の社員は創よりも若い。ファッションも趣味も違って、話をあわせることはできるけれど、本音で話すことはできない。事あるごとに言われる「大人ですね～～」という言葉も、「私たちとは違いますね～～」と変換して聞こえるのは、自意識過剰だろうか。

そして、最大の原因は、彼らは結子より若いのに、みんな当たり前のように子供がいるということだ。会話からできちゃった婚だったと想像できたけれど、それが最近では当たり前なのだろうか。順番を守って妊娠できないなら、そのほうがいいのだろうかと考えるくらいに、結子の頭は混乱していた。

「創ちゃんのところは、子供まだ作らないの～～？」

若い奥さんが夫の肩に手を置き、そう訊ねるのを聞いて、心臓が飛び出しそうになった。馴《な》れ馴《な》れしく触って欲しくないと嫉妬《しっと》しながらも、夫がどう考えているのか聞けると喜ぶ。この手の話は結子の中で、タブーになっていた。

「もちろん欲しいよ！　俺、子供好きだし。

でも、こればっかりは授かりものだからさ。焦ってもしょうがないよね」

うん、そうだね。でも、じゃあどうしてあれから一度も抱いてくれないの？　そう問いただしたい衝動にかられたけれど、まさか公衆の面前で夜の話を始めるわけにはいかない。

動揺した顔を見られたくなくて空いたお皿を片づけようとした途端、足を捻《ひね》ってバランスを崩し、手をついた。「大丈夫？」と創は肩を抱いて起こしてくれたけれど、人前ではそうやって触るのに、ベッドの中では誤解されないように手すら繋ごうとしなくなったことを思い出し、苛立った。

お湯の中で、そっと、捻った右の足首を擦《さす》る。仕事柄、我慢してヒールを履いていたけれど、もう限界かもしれない。明日は低いパンプスを履いていこうと自分を甘やかすと決める。

たった一度でいいから、昔のように求めてくれるだけで、それだけで信じられるのに。

夫は自分と結婚したことを後悔しているとしか思えなかった。浮気でもしているんじゃないかと疑う自分は、心が狭いだろうか。会社にいるもっと若い子。今、まさに彼は、彼女を抱いているんじゃないか——。

今、自分にできるのは、これ以上、老いていかないようにすることだけだった。半身浴をする。バランスの良い食事を摂る。適度な運動をする。——そして、病院へ行ってみる。

不妊治療を考えたとき、職場の近くに有名な不妊治療センターがあると知った。二ヵ月前のことだ。自分だけでも診てもらおうとネットで予約しようとして唖然とした。予約可能なのは二ヵ月半後だった。その間に、二回もチャンスを棒に振り、そして二ヵ月半も老化する。ただただそれが怖くて、浴槽から出る力すら出なかった。

＊＊＊

「門の前に車を置くなっていうなら、ちゃんと駐車場の管理をしなさいよ！迎えに来てもさっさと帰らない保護者がいるから困ってるんでしょ⁉　それとも何？　コインパーキングにでも置いてこいっていうわけ⁉」

すいません、と若月春花《わかつきはるか》は深々と頭を下げた。

事の発端は、保育園に車で迎えに来た保護者が、門の前に車が停まっていて片側通行に近い状態になっていると苦情を言ってきたことだった。慌てて見に行ったところに車の持ち主が現れ、車は駐車場に置いてもらえますかと注意したところ、逆鱗《げきりん》に触れてしまった。

「そもそもねえ！　あなたみたいに子育てをしたことがない若い人に子供を任せるのも心配なんだから！　せめてこういう雑務くらいちゃんとしてもらわないと！」

すいません、ともう一度頭を下げる。エプロンの裾《すそ》が解《ほつ》れているのが視界に入った。そろそろ買い替え時だろうか。替えのエプロンは乾いているだろうかと、ぼんやり考える。別のことを考えていないと気持ちが持たない。――いつかキレて殴ってしまうんじゃないかと、自分のことが信用できなかった。

言いたいことを言いたいだけ言って帰っていった彼女を見送ると、三歳児クラスの部屋へ戻る前にトイレに立ち寄った。もう一時間近くトイレを我慢している。膀胱《ぼうこう》が破裂しそうだった。

尿意から解放され、手を洗ってふと顔をあげると、子供のような顔が鏡に映った。事あるごとに保護者から、若い若いと嫌味を言われるけれど、なるほど、本当に童顔だ。日焼け止めを塗り眉毛《まゆげ》を描いているだけでほとんどメイクをしていないから余計に幼く見えるのかもしれない。それも汗ですっかり落ちている。が、好きでこんな顔をしているわけではないし、実際の年齢も二十七歳と決して馬鹿にされるような歳ではない。それにしっかりメイクをしたとしても問題があるということはよく分かっていた。母親の代わりに迎えに来た父親が、「最近人気のアイドルにそっくりですね」と春花に言ったことがある。ただそれだけだったのに、翌日には「着飾って色目を使っている」といろんな方面から責められた。結局、何をしたって不満なのだ。

保育士として、もう七年も働いているから、子供のことはそこらのお母さんより経験があるのではないかと自負している。が、彼女たちは決まりきって同じことを言う。

——産んだことがないから、分からないだろうけど。

妊娠して出産することが、どれほど偉いと思っているのだろう。母は偉大だというけれど、それは〈しっかりと〉子育てをした人に対して言うことなのではないか。少し注意されただけで人目を憚《はばか》らず怒鳴《どな》り散らす人の、どこが偉大だというのだろう。

母として偉大だというのは、自分の母親のような人だと、春花は思う。父は物心がつく前に交通事故で亡くなった。それ以来母は、自分を一人で育ててくれた。どれだけ大変だっただろうと思うけれど、愚痴《ぐち》を言うことも、周りに当たり散らすようなこともしなかった。本当に、できた人だった。

昼も夜も働いていた母の代わりに、春花の面倒を見てくれたのは、二十四時間託児所〈キンダーハウス〉の保育士さんたちだった。駅の近くにあるビルのワンフロアは、春花の第二の我が家だった。色画用紙で作った向日葵《ひまわり》畑が入り口の右側の壁に広がっているのが、今でも目の前に思い起こされる。無認可の託児所だったから、今思えば子供の数に対して保育士の数が圧倒的に足りていなかったし、スペースも狭かった。けれど、温かな思い出しか残っていない。

もちろん、母と一緒にいられなくて寂しい思いをしなかったと言えば嘘になる。けれど、母が自分のために一生懸命働いてくれているのだということを、保育士さんたちは繰り返し話してくれた。

――春花ちゃんのお母さんは、ほんとうにすごいねえ。

そう言われることが嬉しくて、鼻が高くて、劣等感なんて持つことなくまっすぐ母を愛することができた。

保育士の道を選んだのは、あの託児所の保育士さんたちのようになりたかったからだ。働くお母さんの、役に立ちたかったからだ。

本当ならキンダーハウスで働きたかった。けれど経営に行き詰まったのか、いつの間にかなくなってしまっていた。それでも、保育園ならどこでも一緒だ。一生懸命やろう。そう思ったのだけれど――。

実際に働き始めると、失望しかなかった。

母親だろうと、保育士だろうと、所詮《しょせん》、女は女だった。

部屋に戻ると、三歳児クラスの担任の〈ミポリン先生〉が、お迎えが来た園児を抱きしめて、「また明日ね～～！」と猫撫《ねこな》で声をあげていた。「帰る前にこうやってハグタイムを作って、怪我《けが》をしてないかな、とか、顔色はどうかな、って、最終チェックしてるんですよ」そう、偉そうに保護者に説明していたけれど、そんな大層なものではない。ただ園児に媚《こ》びを売り、〈お気に入り〉と〈それ以外〉を区別しているだけだった。それは彼女のことを好きかどうかという基準だけで、選別されている。そしてどんなに幼くても自分は先生に好かれているかどうか、嫌われているのはどの子か、気づいてしまう。「先生が言っていることは正しい」と信じているし、「先生が嫌いな子は悪い子だ」と疑わない。

そしてそれは、〈園児〉だけでなく〈親〉にも〈保育士〉にも向けられる。

ミポリン先生に潰《つぶ》され、退職に追い込まれた保育士は、一人や二人ではない。去年彼女と一緒に二歳児クラスの副担任をしていた保育士も、途中で辞めてしまった。

「あ、春花先生、大丈夫だった？」

美穂にそう訊ねられ、春花は最上級の笑顔を作った。

「はい、なんとか！」

「ごめんなさいね。嫌な仕事させちゃって。でも、何でも私たちベテランがやっちゃうと、勉強にならないし？　新人の間は、なんでも経験だと思って？　ね？」

ありがとうございます、と返事をし、心の中で、七年働いても新人かよ！　と盛大につっこむ。ベテランっていうのはあんたみたいなババアになるってことなのか。

しょうがないよね、プライベートでは誰にも愛されてないんだから。偉そうなことを言っても、結婚もしたことないし、ましてや子供なんて産んだことないんだもんね。せめて園児に好かれているって実感しないと、寂しくて生きてられないよね。これから男の人に愛されることなんて、絶対にないもんね。

真っ黒な感情を腹の中に抱《かか》えて生きていると、いつかそれに飲み込まれて、何か得体のしれない怪物に生まれ変わってしまう気がした。でも、まだ、辞めるわけにはいかなかった。もう少し。あと少しで辞められる。

それまでなんとか、可愛くて若い女性でいなければいけない。


1LDKのアパートに帰ると、敷きっぱなしの布団の上にぱったりと倒れこんだ。横目でカーテンレールにかかっている洗濯物を確認する。エプロンの替えはとりあえず一枚ある。今日のうちに洗濯しなくても、明日は事足りる。もしこのまま眠ってしまっても大丈夫だ。安心して、帰り道にスーパーで買った菓子パンやスナック菓子を横になったまま口に持っていく。食べ物が口の中にある間は、幸せを感じることができた。そうでもしないと、怒りと孤独と、そして最後は悲しみにのまれて、自ら命を終わらせることを考えてしまう。どうして辛い毎日なのに、生きなければいけないのか。その理由を見つけようとして、でも見つからなくて、じゃあやっぱり終わらせていいんじゃないかと、その方法をネットで検索し始める。けれど〈死にたい〉と検索すれば、〈死なないで〉と思いとどまらせるような文言のサイトが並んでいる。そして死ぬのは怖いと思いとどまり、でも明日保育園に行くのは嫌だと、堂々巡りを始める。

やっぱり何も考えないようにするには、何か食べているほうがいい。そう思い、メロンパンを齧《かじ》りながら、ポテトチップスの袋に手を伸ばす。

空腹は消え、満腹感を感じても、食べ物を欲するのは止まらなかった。この後、きっと吐くことになると頭では分かっていても、今日だけはいいじゃないか、と思う。そして、その〈今日だけ〉は、もう一年間も続いている。母親が肺炎をこじらせて亡くなってから、この異常な食欲は止《とど》まることを知らなかった。

菓子パン三つと食パン一斤、ポテトチップスを一袋食べ終えたところで、春花はトイレへと駆け込んだ。太りたくないから吐くわけではない。ただ苦しいから吐くのだった。体調が悪い園児に吐いたら楽になるからとトイレに付き添ったことが何度もあるけれど、みんななかなか吐くことができなかった。苦しい、と。春花はそれが分からなかった。寧ろ吐くとすっきりしている自分に気づく。楽に吐く方法も自然と身についた。柔らかいパンやお菓子はすっと吐ける。それに大量の水を飲んでいればそれほど苦しくない。

けれど便器を抱えている間はずっと、涙が止まらなかった。何をしているんだろう。まるで生ゴミみたいだと自己嫌悪に陥《おちい》る。今日だけだ。明日はしない。そう決意し、そしてそれを破ることを知っている。

全てを吐き終えると、念入りに歯を磨《みが》いた。胃酸が歯を溶かすと、どこかで聞いたことがある。死にたいと思うのに、歯が溶けるのは怖い。その矛盾がよく分からない。

すっきりすると、また、何かを食べたくなる。けれど、食べたところでまた吐くと分かっていた。何とかその気持ちを押し込め、布団に倒れこむ。そして携帯を取り出し、ネットに繋ぐ。ブックマークしている掲示板を開く。

〈痛いママブログを糾弾するスレ・28〉

昨日新しいスレッドが立ったばかりなのに、もう三百件近い書き込みがされていた。過去の書き込みに遡《さかのぼ》って、ひとつひとつ、目を通していく。最近このスレッドで晒《さら》されているのは、やたらと自然食品にはまっている主婦のブログだった。〈保育園に怒り〉というタイトルで書かれた記事がモンスターペアレント丸出しだと炎上している。

〈うちの子はまだキャンディーやガム、チョコレートなどは食べたことがありません。そしてこれからも食べさせるつもりはありません。それなのに、うちの子と同じ五歳児クラスの女の子が、わざわざ休日に家まで来て、バレンタインにチョコを渡してきました。普段、一緒にランチをしたりもする仲ですが、びっくりして、その子の母親に「こんな毒になる食べ物を渡してくるなんて非常識だ」と抗議し、園のほうにも、「バレンタインにチョコレートをあげるのは禁止すべきだ」と訴えました。だけど、担任の保育士からは「園の外でのことまで口を出すわけにはいかない」と言われ、憤っています。

どうして子供の成長に悪いお菓子を食べないように促《うなが》すことができないのでしょうか？　それでも保育のプロなのでしょうか？〉

なかなかすごい母親だ、と眉をひそめる。もし自分だったら、と思うと、この担任の保育士がかわいそうでしょうがない。

〈うわ、友達の女の子かわいそー〉

〈絶対にリアルでつき合いたくないタイプ〉

〈ってかこいつ、自分ではチョコ、アイス、ケーキと市販の菓子食べまくってるよね？　それなのに息子は食べちゃダメって。不憫《ふびん》でならない〉

〈保育士さんかわいそー。マジモンペ〉

一刀両断する書き込みは春花の溜飲《りゅういん》を下げてくれる。自分の仲間が、そこにいる気がする。スクロールする指が止まらない。

〈この人、リアルに近所にいます。ブログでは本名出してないけど、多分、友人が子供通わせてる保育園にいる。みんなが思ってる通り、ママ友みんなにうざがられてる〉

現実に知っている人の登場によって、スレッドは更に盛り上がりをみせていた。スレッドがここまで伸びた理由はこれだと分かる。

〈お知り合い登場！〉

〈どんどんネタ投下してください！〉

〈あなたの話ききたいな！〉

〈身バレしないように気をつけて！〉

本人はこのスレッドに気づいているだろうか。知っていたらきっと、あと数日中にブログを閉鎖するだろう。今まで何度も、その流れを見てきた。

——自業自得だ。

と、着信が入り、勢い余って携帯を落とす。

〈野村光《のむらひかる》〉と表示されている。

慌てて拾い、軽く咳《せき》をして、喉の調子を整える。怪物から二十代の女子に戻るために、深い溜息を吐く。

「……もしもし」

小さく声が上擦った。

「春花、寝てたでしょ？　だいじょうぶ？　疲れてない？」

甘く響く彼の声に、だいじょうぶ、と可愛く答える。

「今度、いつ休み？　土日、会える？」

リュックの中から手帳を取り出し、ページを捲《めく》る。

「次の土日は休みだよ。それを逃すと、しばらく土曜日は休みがないかな」

それもこれも、美穂の采配《さいはい》だった。自分の好きなようにシフトを組む彼女に、文句を言える者はいない。

「そっか。じゃあ、日曜日に会おう。

ちょっと確認してみなきゃ分からないんだけどさ、良かったらうちの実家に行かない？

春花のこと、紹介したいんだよね」

……やった。叫び出しそうになるのを堪えて、「嬉しい」と返事をする。

「良かった。

じゃあ、また時間とか連絡するね」

おやすみ、と最後まで気を抜かずに演じて電話を切った。

もうすぐだ、と自分を励ます。もうすぐ、保育園を辞められる。

母が肺炎で入院し、亡くなるまであっという間だった。まさか、五十代半ばで別れなければいけないとは思いもかけず、突然のことに頭がついていかなかった。これからだ、と思っていたのだ。これから、親孝行する。貯金も少しずつ貯《た》めていた。母を旅行に連れていきたかった。そう思えばどんなに嫌なことがあっても仕事を続けられた。それなのに、一度も叶《かな》わなかった。

昼はビルの清掃、夜はコンビニと、母は忙しく働いていた。そろそろペースを落としたらいいんじゃないかと何度も説得していたけれど、働くのが好きなのだと笑っていた。病院に入院したとき、過労だと先生に怒られた。

どうしてそうまでして働いていたのか。

それは母が亡くなってから分かった。遺品の整理をしていて初めて知った。母は自分が死ぬ前に、きちんと墓を用意していた。最後の最後まで、娘に迷惑をかけたくないと、それだけを考えていたのだと知り、初めて母の死を実感して、泣くことができた。

親戚《しんせき》づき合いもなく、祖父母がどこで暮らしているかも知らない春花は、天涯孤独となった自分に気づき、恐ろしくなった。今、もし地震が来て、この古いアパートの下敷きになったとしても、探してくれる人はいないだろう。生きているのか死んでいるのか誰にも気にしてもらえない。そう思った途端、怖くなった。家族を作らなければいけないと、理屈なしに本能で欲していた。

婚活パーティーのサイトを覗くようになるまで、時間はかからなかった。春花はこれまで、男性とつき合ったことがなかった。そんな時間はなかったのだ。高校に入学すると同時にバイトを始め、お金を稼ぐことにしか興味がなかった。遊ぶ時間など、全くなかった。

とはいえ、数あるパーティーの中のどれに参加したらいいか分からないし、そもそも大人数の中で、何を話していいかも分からない。

そんな中、目に留まったのが〈ことりカフェパーティー〉だった。

小鳥と触れあえるカフェでお茶をするという趣旨のその企画は、定員も男性女性ともに六名ずつと少人数で、これならもし会話が途切れても居心地の悪い思いをしなくてすむかもしれないと、少し前向きになれた。

実際、参加してみると、少人数だからか、和やかな雰囲気で時間は過ぎていった。一人、小鳥オタクだと自称する男性が店内にいる鳥の名前をあげ、その特徴を事細かに教えてくれたけれど、目的は小鳥ではなく異性との出会いだ。若干、場がしらけていると、

「若月さんは、鳥が好きなんですか？」

春花にそう訊ねてきたのは、水色のストライプのシャツにテーラードジャケットを羽織《はお》った、清潔感のある男性だった。野村光。胸ポケットにつけている名札を確認する。

「あ、はい。

でも、一番好きなのはウサギかもしれないです。勤めている保育園で、飼っているので」

そう返事をすると、相手は手元にあるプロフィールを見ながら、

「保育士さんなんですね。子供はパワーがあるから毎日大変でしょう。

僕も小学校の教師なんですが、子供たちの体力には圧倒されます」

そう言って笑った。

なるほど、頼りになりそうなその雰囲気は、先生だと言われれば納得がいった。顔は派手ではないが整っていて身長も百八十センチほどあるんじゃないかと思う長身だ。どうしてこの場にいるのか不思議だった。

「毎日、仕事が忙しくて。なかなか出会いがなくて参加しました」

春花の気持ちを読んだように照れながら言う彼は、笑うと少し幼く見えた。三十二歳だと言っていたけれど、威圧的な雰囲気もなく、親しみやすい。

パーティー限定のスイーツを食べたり、文鳥やインコと触れあったりするイベントを通して、春花は光とならまた会ってみたいと思うようになっていた。それは彼のほうも同じだったらしく、最後にみんなで連絡先を交換したあとで、「もう少しお茶をして帰りませんか？」と声をかけられた。別のカフェでコーヒーを飲み、お互いの仕

事の話をして、また会いましょうと約束をした。その約束が何度か続き、結婚を前提につき合って欲しいと正式に申し込まれたのは、一ヵ月前のことになる。

結婚相手として、申し分のない男性だった。

光は結婚したら仕事を辞めて家にいて欲しいと言ってくれているし、それができる経済力を持っている。

もう少しだ、と春花は自分を励ます。

絶対に、黒い部分を彼に見せてはいけない。幻滅させてはいけない。

間違っても、保育園で溜め込んだ保護者や上司に対する不満や愚痴を、彼に吐き出すことはできない。——彼は、自分の仕事に誇りを持ち、春花もそれを持っていると信じていた。

あと少し、結婚するまでの我慢。

そう言い聞かせて、春花はネットの世界に癒《い》やしを求め、潜っていった。

＊

「今日はもう、お客さん来ないかもねえ〜〜」

レジ袋の補充をしていると、千夏子の背後からパートリーダーが声をかけてきた。

「駅前のスーパー。月曜日の三時から卵の特売始めたらしいわよ。うちにもチラシが入ってたわ。あんたのところも入ってた？」

「いえ、入ってなかったです。だから今日は少ないんですね」

「もうあがってもいいわよ？　育児、大変でしょ？」

まだ三時五分前だ。彼女のシフトは三時半からだったけれど、最近こうやって早く来ては、自分が代わるから帰っていいわよといろんな人に声をかけている。少しでもお金を稼ぎたいのだろうと、新人社員が話しているのを聞いてしまった。どうやら彼女の娘が離婚するかもしれないと、帰ってきているらしい。

千夏子としてもこう何度も時間を削られては敵《かな》わなかったが、不要な争いをしたくない。ありがとうございますと礼を言った。

ぽっかりと空いた一時間をどうしようかと考えながら自転車に跨る。一度家に帰って夕飯を作ってから保育園に迎えに行こうか。バレたら何を言われるか分からないが、少しでも長く、夏紀と離れていたかった。

「先日はありがとうございました」

後ろから声をかけられ振り返ると、この間卵の場所を教えた母娘が小首を傾《かし》げてこちらに微笑みかけていた。

「今日はもう、お仕事は終わりですか？」

あ、はい、と答えながら、乱れた前髪をぱぱっと手櫛《てぐし》で整える。今日も彼女はばっちりとメイクを決め、どこから見ても完璧だった。

「こんなこと、急に言うのはどうかと思うんですけど、良かったら今度、うちに遊びに来ませんか？」

突然の誘いに驚き、え？　と訊き返す。彼女は照れたように笑い、

「実はこの間、お子さんを連れてらっしゃるところを見かけたんです。うちの子と同じ歳くらいかなって。

引っ越してきたばかりで友達もいないし、幼稚園は来年から行かせようと思っていて。どうしようかなと思ってたところに、優しくしてもらって嬉しくて。

良かったら、お友達になってもらえませんか？」

そうはにかむ彼女の顔を、じっと見つめる。自分がもし、この顔を持っていたら、このスタイルを持っていたら、何か違う人生があっただろうか。

「あのマンションに引っ越してきたんですけど、おうちは近くですか？」

彼女が指差したのは、駅前にできたタワーマンションだった。三年前にできたとき、千夏子のアパートにもチラシが入っていた。我が家には縁遠い話だと、すぐに捨ててしまったのを覚えている。

あんな家に住んでいたら、ブログのネタにも困らないだろうな。いじけた考えに嫌気がさす。が、次の瞬間、思いついてしまった。

――彼女の家の写真を撮って、それを我が家としてブログに載せたらいいんじゃないか。

人の良さそうな彼女は、「本当に急にごめんなさい」と、小さく頭を下げ、娘の手を取ってその場を離れようとした。返事をしない千夏子が迷惑していると思ったのだろう。

……ブログネタが逃げていく。

「ぜひ！」と千夏子は呼び止める。

「あの、嬉しいです。そんな風に言ってもらえて。ぜひ、遊びに行かせてください」

勇気を出してみて良かった、と花が咲くように笑った彼女は、高木《たかぎ》柚季《ゆずき》と名乗った。

第二章

＊

スーパーの休憩室で菓子パンを齧りながらブログをチェックすると、最新記事にコメントが三件ついていた。広告かもしれないから期待するな、と言い聞かせながら確認する。

――全て新規の読者から書き込まれたものだった。久しぶりに胸が熱くなり、息をするのも忘れて画面を見つめる。

〈読者登録しました！　これからも記事、楽しみにしています！〉
〈私も結婚したら、こんな家に住みたいって思いました！　憧《あこが》れです！〉
〈素敵な眺めで、うっとりしました！〉

小さく息を吐く。興奮していた。これが欲しかったのだ、と千夏子は思う。

〈タイトル：引っ越しました！

実は最近、お引っ越しをしました。

ドタバタしていて、記事をあまり書けなくてごめんなさい。

まだお部屋は完成していませんが、少しずつ、家族にとって過ごしやすい場所にしていきたいと思っています。

この部屋に決めたのは、何といっても、リビングの窓からの眺めでした！

写真は皆さんにおすそ分けです！

夫も娘もとっても気に入っていて、良いスタートがきれました！

これからもずっと、ほんわか家族で仲良く暮らせますように。

mama〉

柚季の家から帰って、すぐに書いた記事だ。彼女の家で撮った窓からの風景を一枚貼り付けた。我ながらうまく撮れたと悦に入る。

金曜日に保育園に迎えに行った帰り、約束通り、夏紀を自転車に乗せて柚季の住むマンションへと急いだ。今日は新しいお友達のところへ行くのだと説明すると、「あのホテル？」と訊ねてきた。家の周りに二十階を超えるタワーマンションは珍しく、夏紀はいつも、〈ホテル〉と呼んでいた。去年、夫の両親たちと旅行をしたときに泊まったホテルと似ているらしかった。確かにコンシェルジュのいるフロントは千夏子たちが住んでいるアパートとは全く違ったから、夏紀のことを笑うわけにもいかなかった。柚季を呼び出しているとき、緊張で手が震えた。呼び出し方が分からず、後ろから来た男性に教えてもらったときは、顔から火が出るほど恥ずかしかった。

二十三階の角部屋を訪ね、リビングに通されたとき、真っ先に目に入ったのは、眼下に望む街並みだった。雲一つない澄み渡った青空の下に、おもちゃのように小さな家々が並んでいる。こんなに素晴らしい景色を、柚季は毎日眺めているのか。この部屋からは街を見下ろすことができるのだ。

「……素敵ですね」

やっとの思いで言葉にした。

夏紀は千夏子の陰で驚いたように固まり、大人しくしていた。もともと人見知りで無口な性格だ。千夏子の前では、自己主張するのに、人の前だと急に静かになる。気ままに一人で遊び、人の言うことを聞かない。その協調性のなさに、千夏子は頭を悩ませていた。どうしてうちの子は、こうなのだろう。――どうか柚季の前では泣かずに良い子にしていて。千夏子は祈った。彼女の前で恥をかきたくなかった。

が、柚季の娘、杏《あん》が「いっしょにえほんを読もう！」と手を引いてくれ、それに静かに従う姿を見てひとまず安堵する。初対面の子と仲良く遊ぶなんて珍しい。

「可愛いお友達ができて良かった。マンションの中に閉じこもっていてもしょうがないし、でも公園に行ってもグループになっていて話しかけづらくて。今日は来てくれて本当にありがとう」

彼女はそう笑いながら紅茶やお菓子をローテーブルに並べ、千夏子にもソファに座るように促した。彼女の家は子供がいるとは思えないほど物が少なくシンプルだったけれど、不思議と温かみがあった。色みは白と木材の色がベースで、クッションや小物で暖色系の色みを足していた。出されたティーカップも確か北欧ブランドの物でとても可愛らしい。こういうタワーマンションに住んでいてもゴテゴテとしたインテリアではないことに、好感を覚えた。

「こちらこそありがとうございます。杏ちゃん、お母さんにそっくりですね。将来は美人になりますよ」

彼女は「そんなことないわよ。でも嬉しいわ」と笑った。

千夏子はティーカップとお揃いのお皿に盛られたカップケーキに手を伸ばし、考え直して手をひっこめた。今日ここへ来た目的を、忘れるところだった。

「……あの、これ、写真に撮ってもいいですか？　とても可愛いから」

「もちろん、どうぞ。そのカップケーキは、杏と一緒に作ったの」

ありがとう、と鞄の中から携帯を取り出し、アプリを立ち上げて写真を撮る。構図を変えて何枚も連写していると、最近の携帯は画質がいいのねえ、と柚季が感心したように覗いてきた。

「柚季さんはスマートフォンじゃないんですか？」

「……私、仕事を辞めてから携帯は持ってないの。だから、ガラケーしか使ったことがなくて」

そういえば、彼女が渡してくれたメモに書いていたのは、固定電話の番号だったと思い出す。千夏子は園のママ友たちと連絡先を交換していたがみんな携帯の番号で、ほとんどの人がスマートフォンを使っていた。お互いに写真を交換したりするときに自分だけガラケーだと、手間がかかって疎《うと》まれることもあるから必須《ひっす》だった。大人でさえそんな些細《ささい》なことで仲間外れにするのだから、子供はもっと大変だろう。柚季はそういう意味でも、ママ友を作りづらいのかもしれない。そこで思いついて提案する。

「良かったらみんなで写真を撮りませんか？　また今度遊ぶときに、プリントして持ってきます」

柚季と杏の写真を堂々と撮れるチャンスだった。彼女たち二人を、自分と夏紀としてブログにアップする。考えただけでわくわくした。もちろん顔はスタンプなどで隠すけれど、それでもきっと〈美人なママと娘〉というオーラは隠すことができない。すぐに読者の羨望を受けるはずだ。

「でも、いいの？　面倒じゃない？」

「大丈夫ですよ、うちのスーパーに置いてある機械でもすぐにプリントアウトできるんです。

……せっかくだから、友達になった記念に」

柚季は一切を疑わずに、嬉しい、と笑った。四人でソファに座り、ローテーブルの上に携帯をセッティングしてポーズを取る。学生に戻ったみたい、と笑う彼女はあまりに単純で、千夏子は小さく笑った。金持ちというのはどこまでも呑気《のんき》なのだ。安定しているから人を疑ったり、悩んだりすることなどないのだろう。写った彼女はあまりに無防備な笑顔をしている。

それから千夏子は遠慮することなく、杏や柚季、部屋の中の写真を何枚も撮った。二人にあげるためだという大義名分を得た今、不審がられることはなかった。

帰り際、柚季は「お土産に」と、カップケーキとお茶の葉を包んでくれた。千夏子が美味しいと褒めたのが嬉しかったのだと言う。家に帰ってその紅茶の銘柄を調べると、百グラムで三千円近くするものだと知った。普段飲んでいる黄色いパッケージのティーバッグの何倍の値段だろうか。

家に帰ってからも、データフォルダの写真を眺めるだけで、千夏子はあのタワーマンションの住人になることができた。画像をスクロールするだけで、胸が高鳴る。そこには理想の人生が詰まっている。

携帯も持っていないくらいだから、ネットにも疎いのだろう。千夏子がブログをやっていることにもきっと気づかない。安心して、記事を書ける。

今日は家に帰ったら、ママと娘のコーディネートの記事を書こう。読者は柚季と杏の姿を見て、何と言うだろうか。その前にコメントに返事を書かなければいけない。休憩時間はいくらあっても足りない。

「あんた、何か良いことでもあったの？」

声がして顔をあげると、パートリーダーが休憩室に入ってきたところだった。何もないですよ、と返事をする。彼女は千夏子の向かいに座り、持っていたトートバッグを長机の上に放り投げた。

「早いですね？　まだ、出勤時間じゃないですけど……」

壁に掛かっている時計に目をやる。交代の時間まで、まだ三時間半あった。

「店長に言って時間増やしてもらったのよ。うちの馬鹿娘が離婚するって言って出戻ってきてさあ。専業主婦だったから追い出すわけにもいかないじゃない？　孫もまだこれからお金がかかるし、とりあえず、稼げるだけ稼いでおこうと思って」

彼女は眠そうな目を擦りながら缶コーヒーを呷《あお》った。ここに入る前に特売品を買ってきたのだろう。午前中に何度もレジを通した。一本六十五円。かなり甘ったるいはずだ。

「ほんと、夫婦仲が悪いなんて聞いてなかったから驚いたわよ。ちゃんと稼ぎのある旦那《だんな》さんなのよ？　全く、最近の若い人は、すぐにやれ別居だやれ離婚だって、簡単に言うんだから。もとに戻ってくれたらいいんだけどねえ。あんたのところは大丈夫？　ちゃんと仲良くしてるの？」

自分のことを訊かれると思っていなくて、パンの欠片《かけら》が喉に引っかかる。忙しい朝にかろうじて水筒に入れてきたお茶で流し込み、

「うちは仲がいいですよ。滅多にケンカもしないし」

そう返事をする。

「あら、いいわねえ。うちなんかお父ちゃんがだらしないから、毎日小言ばっかり言

って疲れるわよ」

愛想笑いをしながら、ケンカをしないんじゃなくて、ケンカにならないようにしているのだと、自分の中で言い直す。信二は真面目な人だ。いつも正しく、理論立てて話をする。その理論はあまりに彼自身に都合が良いんじゃないかと思うときもある。けれど、千夏子はそれを理論で突破することができない。次から次に言葉を重ねられ、結局悪いのは自分だと謝ることになる。それなら最初から彼の言う通りにしておいたほうが、ダメージが少なかった。正確に言えば、それは仲が良いわけではないのかもしれない。けれど、それを彼女に言う義理はなかった。


家に帰ったら記事を書く。

それだけを楽しみに午後の仕事をこなし、パートリーダーに言われ一時間早く保育園へお迎えに行った。単純かもしれないけれど、楽しみがあるだけで自転車を漕ぐ足が軽くなった。勤務終了時間が少し早くなることも、この際、都合がいいと思えた。普段一緒になるママ友と会わずに帰ることができる。

けれど、家についた途端、携帯が鳴った、――相手は池上恵だった。彼女から連絡が来ることは滅多にない。ママ友同士でお茶をするときも、最近は呼ばれることがない。悪い予感がした。

「榎本さん！　さっさと帰って、どういうつもり？」

電話に出た途端、恵の怒鳴り声が耳に響いた。ごめんなさい。でも、何かあったの？　と訊ねるが、彼女の怒りは収まらない。

「何かあったのじゃないでしょ？　なっちゃんがうちの喜姫に怪我をさせたっていうのに、謝らずにつれて帰るってどういうこと？　わざわざ早く迎えに来るなんて信じられない！」

「怪我をさせたって、何のこと？」

お迎えのとき、先生たちから何も聞かされていなかった。

恵の話だと、今日も夏紀は勝手に園庭に出てウサギ小屋で遊んでいたらしかった。それを止めようと追いかけた喜姫の腕を捻ったのだという。

「ごめんなさい、私、聞いてなくて」

「いつもミポリン先生が言ってるわよね？　なっちゃんが一人で行動して困ってるって。それなのにあんたが放って置くからこういうことになるんじゃないの？　なっちゃんも、自分がやったことを隠してるなんて、本当に酷いわよね。大人しい子って、何を考えてるか本当に分からないわ。

喜姫はね、私が迎えに行くまで先生にも言えなかったって泣いてるのよ。どうしてくれるの？」

保育園でのことを私に言われても困る。そう反論したかったけれど、言葉を飲み込み、千夏子はすぐにどこの病院に診察に行っているのか訊ねた。が、今から来られても困ると断られた。保育園に電話をすると、ミポリン先生からも同じような事情の説明があり、明日登園の時間をあわせてそのときに謝るように助言があった。分かりましたと頭を下げる。

電話を切った途端、頭に血が上った。振り返ると、夏紀がこちらを見て様子を窺っていた。

「あんた何で怪我させたこと言わなかったの？　黙ってればばれないと思ってたわけ？」

夏紀の肩を持って揺さぶる。途端に天を仰いで、大声で泣き出す。——泣きたいのはこっちだ。千夏子は大声をあげる。

「あんたなんか、産まなきゃ良かった！

あんたなんてね、本当はうちの子じゃなかったんだからね！」

夏紀を残して家を飛び出し、自転車に乗って駅へと急ぐ。明日謝るときに、菓子折りのひとつでも持って行ったほうがいいだろう。この近辺で箱に入ったようなお菓子を売っているのは駅ビルに入った名店街が一番近かった。

すっかり化粧が落ちた顔に汗を掻《か》きながら自転車を立ち漕ぎする。目の前には柚季の住むタワーマンションがそびえ立ち、千夏子のことを笑っているようだった。そんな低いところで、何を必死になっているの？　今、あの窓から見下ろしたら、千夏子なんて豆粒のように小さく、何を考えているかなんて気にならないような存在に違いなかった。だけど私には、あそこに住む友人がいる。そのことだけが、千夏子の背中を押してくれた。

夏紀が疲れて眠ったあと、何ひとつ片づいていない部屋の中で、菓子折りだけは信二に見つからないようにと、クローゼットの中に隠した。夫にはばれないように処理したい。夏紀の失敗は、千夏子の失敗だった。

一度ソファに座ったら最後、朝まで動けないと思い、何とか洗濯機まで移動し、お着替えを洗う。ごおんごおんと回る音を聞いていると、疲れた、と声がもれた。そのままその場にうずくまる。五分だけ、休みたい。タイマーをかけようと、ポケットから携帯を取り出す。と、メールが数件届いていた。恵だったらどうしようと怖々開く。が、それは全てブログにコメントがついたことを知らせていた。と、また携帯が震える。今度はブログ宛《あ》てにメッセージが送られてきていた。

〈件名：突然ですが、ご相談したいことがあります〉

少し重たい口調が気になった。コメントは後回しにして、先にメッセージを開く。

〈眠れなくて、ネットをしていて、このブログにたどり着きました。

はじめまして、なのに、こんな重いメッセージでごめんなさい。

子供ができないことに悩んでいて、どう進んでいくべきか、分からなくなっています。

私は三十七歳で、まだ病院へ行って検査もしていないのですが、夫に一緒に行こうと打ち明けるのが怖いです。夫は私より五歳も年下なので、焦っていないのだと思います。不妊治療センターの予約は二ヵ月前からしていて、そろそろ切り出さないと一人で行くことになってしまいます。

が、恥ずかしいのですが、結婚してから夜の営みがほとんどなく、そこに不妊治療のことを話していいのか、悩んでいます。でも、子供を持つなら、病院できちんと検査をしなければ難しい年齢になっていると思います。

……ぐるぐると同じようなことを書き綴《かつづ》ってしまってすいません。

こんなことを訊いていいのか分からないのですが、ｍａｍａさんはどうやって旦那さんに切り出されましたか？

もし失礼でなかったら、教えてください。

友人に相談することもできず、悩んでいます。

YUI〉

無意識のうちに笑みが浮かんでいた。

——なんだ、自分よりかわいそうな人がいるじゃないか。

結婚して九年経つが、千夏子は月に数回は夫から求められる。疲れているのにと不満に思ったこともあるけれど、結婚した途端なくなるのと比べたら、それは贅沢《ぜいたく》な悩みに違いない。

千夏子は、慎重に、文章を読み直した。メッセージを送ってきた彼女の気持ちを、一文字ずつ、じっくりと味わいつくす。彼女が一体自分に何を言って欲しいのか。何を求めているのか。それを読み解くのは、自分が彼女よりどれだけ優《まさ》っているのか実感する作業だった。

＊＊

「あれ〜〜？　宇多野さんもしかして、おめでたあ？」

トイレで手を洗っていると、同じフロアの他ブランドの店長に声をかけられた。え？　と顔を見ると、ニヤニヤとした顔でこちらを見ている。

「だって、ほら」

彼女は結子の足元を指差した。

「いつもはヒールなのに、最近違うでしょ。それに、服も心なしかゆったりしてるし？

みんな言ってるわよ〜〜？　絶対おめでただ〜〜って」

一瞬、顔が固まった。みんなって誰だ。どこまでその噂が広がっているのだろう。

「ちょっと捻挫《ねんざ》しただけよ。休みに夫とバーベキューに行って、ちょっとね」

顔を作り直して答える。職場にいるとき、結子は自分を女優だと思っている。素の自分でいては務まらない。

「あ、そうなの？　なんだ、残念〜〜。

でも、気をつけてね？　もう若くないんだから」

ありがとう、と何てことないふりをしてその場を立ち去る。――ああこれだから女は嫌いだ。自分も同じ動物だということを棚に上げて、激しく憤る。ああ、これだから女は。

随分気候が良くなり、外を歩くと汗ばむほどだったから、昼は休憩室を使おうと思っていた。が、噂話の温床に足を踏み入れる勇気がなくなり、結子はお弁当袋を持って公園へと向かった。紫外線が気になったが、だからこそ百貨店で働く彼女たちと鉢あわせすることはまずない。さっさと食べ終えて、あとはバックヤードでのんびり過ごすと決める。そこでも視線を感じるなら、店に戻って仕事をしよう。そのほうが幾分か楽だった。

噴水の前にあるベンチに座り、お弁当を広げる。昨日の晩の残りを詰めたものだ。それを見ただけで溜息が出る。夫は昨日も帰りが遅かった。限界まで待っていたけれど、翌日の仕事に支障を来すわけにはいかない。朝起きたときにいつ帰ってきたのか分からない夫の寝顔を見て、そのまま家を出た。不妊治療のことを話す機会は、まだない。

もそもそとご飯を口に運んだけれど、なかなか喉を通らず、半分も食べずに残してしまった。大好きなはずの服の仕事なのに、立ち上がるのも億劫《おっくう》だった。どうして女は、群れると人が変わるのだろう。自分の立ち位置を見定め、自分より上の者を蹴落《けお》とそうと躍起になり、下の者を見て嘲笑《あざわら》い安心する。

今、こうして、そのことが気になるのは、結子が自分自身をみんなより下だと思っているからに違いなかった。誰に何と言われようと、自分が幸せなら気にならない。現に年下の男と結婚すると噂されたときは、どうせ妬《ねた》んでいるのだろうとエネルギーに換えられた。

長時間、外にいるのは耐えられなくなり、休憩時間を三十分ほど残して店に帰った。が、招かれざる客がそこにいた。夫の先輩の奥さんだった。名前は何て言っただろうか。はっきり覚えていない。夫の友人を見ただけで拒否反応が出る。酷い嫁だと自分でも思う。

「こんにちは」

私は女優だ。そう言い聞かせ、笑顔を作る。結子に気づいた彼女は「こんにちは」と笑った。えくぼの浮かんだ頬は少し緊張した面持ちだった。

「創ちゃんから奥さんが働いているお店を聞いていたんで、一度来てみたかったんですよー。

高いけど素敵ですねー」

「ありがとうございます」

夫のことを下の名前で呼ばれたことに小さく引っかかったけれど、アイコンタクトで若いスタッフに休憩に行くように促し、彼女の隣に立った。

今度結婚式で着るワンピースを買いたいのだという彼女に、数点商品を勧める。平日だから客足が少なく、彼女から逃げることはできそうになかった。

あれこれ見て回る彼女は、唐突に、「あれ？」と結子の顔を覗き込んだ。

「どうかしましたか？」

彼女は大袈裟に首をひねって、「何か疲れてませんか？」と言った。

「やっぱり正社員て大変なんですね。私なんて、子供が生まれてからずっと専業主婦だから。いざ働くっていっても、何していいか分からないし。

創ちゃんも最近、疲れてますもんね。私、気になって。

家で創ちゃん、変わったところないですか？」

「……別に、変わったところはないですけど」

真っ先に浮かんだ夜の事情を打ち消し、そう返事をする。

「なら、いいんですけど。

私もいろいろお世話になってるから、できることはしようと思ってるんです。と言っても、会社に料理の差し入れするくらいなんですけどねー。

創ちゃん優しいから羨ましいな。結子さん、幸せ者ですね」

そんなことない、と呟き、いろいろって何だろうと引っかかる。

「そんなことありますよー。

大事にしないと、私が創ちゃんをもらっちゃいますよ？

……結子さんも、気をつけてあげてくださいね」

彼女はそう、無邪気に笑った。

午後からの仕事は、フロア中の視線と彼女の言葉を振り払うためだけに、ただがむしゃらに働いた。幸いなことに夕方にはバタバタとお客様が続けて来店されて、彼女たちに似合うものを見立てている間は余計なことを考えずにいられた。が、店を出たときには全ての力を使い果たし、家に帰る気力すら残っていなかった。バスに乗り込み、今日は何を食べようかと考えても、さっぱり頭が働かない。お腹は空いているのに何が食べたいのか分からない。どうせ今日も夫は仕事で遅いのだろうから、お茶漬けか何かですまそうか。

座席に沈み込んだ身体を引きはがすようにしてバスを降りると、車道を挟んで向こう側に夫の姿を見つけ、気が逸《はや》った。

「創ちゃん！」

自分でも驚くほどの大きな声で呼び止めた。夫は振り返り、結子の姿を見つけると、小さく手を振り返した。

歩道橋を渡り、走り寄ると、

「今日、仕事だったの？」

「うん。本当は今日休みの予定だったんだけど、どうしても終わらせなきゃいけなくて」

「そっか、お疲れだったね。晩御飯は？　何食べたい？」

さっきまでの疲労感は吹き飛び、今なら家まで走って帰れそうな気分だった。が、昼間に聞いた奥さんの言葉が頭にちらつく。何か特別な物を作って、夫を喜ばせたい。ささやかな妻としてのプライドだった。

「んー、あんまりお腹空いてないからいらないかな」

「え？　何か食べてきたの？」

「……そうじゃないけど、あんまり食欲ないから」

普段の食べる量を知っているから、お腹が空いていないという言葉をそのまま受け取ることができなかった。晩御飯を食べた一時間後に、お腹が空いたとコンビニにお菓子を買いに行くような人なのだ。

――会社に差し入れられた手料理を食べてきたんでしょ？

問いただしたくなるのをぐっと堪える。疚《やま》しいことがないなら隠す必要はない。隠しているという片鱗《へんりん》を彼の中に見つけたら、受け止められそうになかった。

「最近、仕事、どう？

今日はどんな仕事したの？」

代わりにそう訊ねると、夫は一瞬固まり、

「……どうって言われても、普通だけど」

　と、答えた。

「……普通って」

「だって、結子に話しても分からないでしょ？」

「聞いてみなきゃ、分からないけど」

　そう返すと、彼は小さく溜息をつき、

「昨日後輩が使ってたPCが、レンダリング中にフリーズして作業がストップしたんだよね。結局今日やり直すことになったけど、もし同じことが起こったらどう対処していいか分からないって言われて、俺も出勤になった。

　で、それを聞いて、結子はどうしてくれるの？」

　責めたてるようによく分からない言葉を並べられ、思わず、ごめん、と謝る。

「あんまり家で仕事の話したくないんだ。

　悪いけど」

　すたすたと歩いていく夫の背中に、寂しさを覚える。自分の何が、彼をイラつかせるのだろう。まるで人が変わったように冷たい彼を、どう受け止めていいのか分からない。

　何とか距離を縮めたい。そう思い、夫の腕に、無意識に手を絡ませる。……が、彼

は、その手を払い、

「本当に疲れてるから」

そう、振り返った。

結子は何もなかったように彼の隣を歩いたけれど、大きな波が打ち寄せるように悲しみが押し寄せた。

結子の気持ちに全く気づいていないのか、気づいていて知らないふりをしているのか、夫の表情からは窺い知ることができない。

――毎日一緒に晩御飯を食べられなくても寂しくないの？

――手を繋ぎたいと思わないの？

――抱きたいと思わないの？

――現状に不満なのは私だけなの？

――私のことを愛してないの？

次々と浮かぶそれらを、そのまま夫にぶつける勇気はなかった。たとえここが、家の近所の道端《みちばた》ではなくて、人目を気にしなくてすむ家のリビングだったとしても。質問を投げかけたところで、結子が納得する言葉を聞けるとは思わなかった。いつの間にこんなに自己評価が低くなってしまったのか。女はそれこそ、愛する人に抱かれないと、――触れたいと思って触れてもらわないと――、自分の中にあった幾ばくかの自尊心や誇りといった類《たぐ》いのものは、儚《はかな》く消えていってしまうものらしかった。

久しぶりに早い時間に一緒にベッドに入ったけれど、五分と経たないうちに夫は背中を向け、寝息を立てた。この期《ご》に及んで淡い期待を抱いていた結子は、暗い寝室の中で、一人、迷子になってしまった。すっかり目が覚め、助けを求めて携帯に手を伸ばす。夫に背中を向け、画面の光が当たらないように胸に引き寄せる。

――誰かと、話したい。

この寂しさをどうにか紛《まぎ》らわせないと、一睡もできずに朝を迎えてしまう。結子は子供の頃から何か悩みごとがあると、延々と頭の中でそれを繰り返してしまう。次第に悩みは眠れないこと自体に変わり、カーテンから洩《も》れる光に絶望感を抱いた朝を、もう何度迎えたか分からない。

電話帳をスクロールし、そこに表示される名前を眺める。けれど、こんな時間に、こんな内容の話をできる人など、結子にはいなかった。――夫が誘いにのってくれず眠れないなどと、メールで相談するなんて。どんな女だと、自分でもつっこみたくなる。

不妊治療センターの予約日まで、一週間をきっていた。キャンセルすべきだろうか、と背中に夫の体温を感じながら考えていた。夫がこういう態度なのに、子供なんてできるわけがない。けれど、自分の残り時間を考えると……。もう、子供を持つことはできないのだろうかと、激しい無力感に襲われ、息ができなくなる。

助けを求められる人が見つからない。不意にネットを立ち上げ、

〈子供が欲しい　夫に相談できない〉

と、検索をかける。

自分と同じような状況にいる人を見つけたかった。もしくは、昔、同じ状況にあったけれど、それを乗り越えた人を。結婚して、何の努力もせずに子供を産んだ人に、自分のことを話す気にはなれなかった。女の敵は、女だ。結婚前、友人と会っているとき、ふと、不妊治療の話になったことがある。

「そこまでして子供が欲しいっておかしくない？　自然じゃないよね」

そう言った彼女には子供が二人いる。そんなものだ、と結子は思う。自分とは違う立場の人の気持ちを、考えたり受け入れたりすることは難しい。それなら同じ立場の人を見つけるしか、方法はない。

検索結果の中から気になるものに片《かた》っ端《ぱし》から目を通していく。

〈夫が嫌がってまで子供が欲しいのか〉

〈離婚して子供を作るか、子供がいなくても夫と生きていきたいのか、どちらかしか

ないんじゃないか〉
〈話し合いをしないと始まらない。どうして話をせずに、ネットで意見を聞いてまわっているのか〉
辛辣《しんらつ》な意見ばかりが目に留まり、そのたびに心をえぐられていく。何も知らないくせに。私のことなんて、分かってくれる人はどこにもいない。
と、〈子供が欲しくてもできないあなたへ〉と、タイトルがつけられたブログ記事を見つける。まるで自分に向けて書いてくれたようなメッセージだと、藁《わら》にもすがる思いでページを開く。

〈タイトル：子供が欲しくてもできないあなたへ。

このブログは私が行った不妊治療について記録したものです。

今は、有り難いことに妊娠し、幸せな生活を送っています。

けれど、治療をしているときは、本当に、辛いことも、悲しいことも、たくさんありました。

もし、今、子供が欲しくてもできなくて、悩んでいる人がいたら、このブログを読んでみて、参考にしてもらえたら嬉しいです。

相談ごとがあったらコメントやメッセージをくだされば、できる限り、お返事をしたいと思っています。些細なことでも、愚痴でも、何でも構いません。

不妊治療のことは、不妊治療をしたことがある人にしか分からないと思います。自分の母親や友人にも、理解してもらえず、相談できずに悩んでいる人はたくさんいると思います。

どうか、今までがんばってきた人に、また、一歩踏み出す元気を持ってもらえたら……。

そう願っています。

mama〉

四年ほど前の記事だった。ブログ自体は削除していなくても、もう更新していないかもしれない。タイトルをクリックしてトップページに飛ぶ。幸いなことに、最新記事は数日前だった。最近、引っ越しをしたらしく、そこからの風景を載せている。

——今でも相談にのってもらえるのだろうか。

もしかしたら、返事は返ってこないかもしれない。そして、結子が話し相手を求めているのは、今、この瞬間だ。友人にメールを送るのとは違って、早いレスポンスを期待できないし、もしかしたら無視をされて傷つくことがあるかもしれない。

けれど結子はブログの管理人、ｍａｍａさん宛てにメッセージを書いた。溢れ出る言葉は止まらず、自分はこんなことを考えていたのだと、改めて知る。けれど、文章を推敲《すいこう》すればするほど、本当の気持ちを隠して格好《かっこ》つけてしまいそうで、ほとんど読まずに、思い切って送信をした。

子供が欲しいこと、年齢のこと、年下の夫のこと、そして、セックスレスであること。

見知らぬ相手にこんな恥ずかしいことを打ち明けた自分に少し罪悪感を感じながら、けれど吐き出してしまえば、さっきまでよりは胸のつかえがとれていることに気づいた。

彼女のブログを過去のものから順番に読んでいると、その記録の細かさに驚き、そして、――不妊治療の大変さを改めて思い知った。金銭や時間、そして身体の問題は想像できたけれど、〈どうかうまくいきますように〉と結果を待っている間の気持ちが、一番辛いんじゃないかと思う。例えば人工授精を行ったあと、通常通り生活していいと言われたとしても、もし次に生理が来てダメだったと分かれば、自分の行動を振り返り、あれこれ自分を責めるだろう。最初に妊娠していないと知るのは、絶対に夫ではない。妻なのだ。

携帯が鳴ったとき、ブログを読み始めて三十分が経っていた。表示を見るとメールが届き、〈メッセージが届きました〉という本文とＵＲＬが書かれている。驚いてクリックする。と、さっきメッセージを送ったｍａｍａさんから返事が届いていた。

本当に見てくれたんだと胸がじんわり温かくなる。まさか、こんなに早くレスポンスがあるとは思ってもみなかった。


〈件名：大丈夫ですか？

眠れないという気持ち、よく分かります。

私も当時はそういう夜が何度もありました。友達にも相談ができないから辛いですよね。そういうとき、私はブログを書いたりして時間を過ごしていました。文章にしたらすっきりしたからです。

だから、ＹＵＩさんも、そういうときは遠慮せずにメッセージを送ってきてくださいね。

誰かに聞いてもらうだけで、楽になりますよ〉

膨れ上がった風船から少しずつ空気が抜けていくように、悲しみが静かに鎮まっていく。


〈病院の予約がもうすぐなのに、旦那さんに話せていないということですが、まず、一人で行ってみる、というのも手かもしれません。

不妊治療をするには夫の協力は必要不可欠です。けれど、女性の基本的な検査はたくさんありますし、まず、奥さんが検査をしてから、「実はちょっと行ってみたんだけどね」と、軽く話をする、というのもありかなと思います。

男性って、知らないところへ行くのを億劫がるので、先に奥さんが行っているとなると、ハードルが下がるかもしれないですし。……男性にもがんばって欲しいと思いますが、そこはまず、奥さんが一歩踏み出してみる勇気を持ちましょう！

何か分からないことがあったら、また聞いてください！

答えられることならば、何でも答えますよ！

私は、ＹＵＩさんの味方です！

ｍａｍａ〉

結子は何度も何度も送られてきた文章を読み直し、自分勝手な解釈をしていないか、自分に都合の良いように捻《ね》じ曲《ま》げていないか、客観的に見ようとした。ネット上に溢れている批判のような意見ではなく、結子に寄り添いつつ、具体的な提案をして、一歩進む後押しをしてくれている。

〈件名：ありがとうございます。

まさかこんなに早くお返事をいただけるとは思いませんでした。ありがとうございます。

そして、具体的なアドバイスまでいただけて、本当に良かったです。

実は私は、夫が望んでいないのに、子供を欲しいと願っている自分に、嫌悪感を抱いていました。自分で勝手に突き進むなと、怒られるかもしれないと思っていました。

だから、一歩踏み出そうとすることを肯定してもらえて、本当に励まされました。

お言葉に甘えて、また相談にのってもらってもいいですか？　ただ単なる愚痴になってしまうかもしれないですが……。

今日は本当にありがとうございました。

おやすみなさい。

今度は何度も文面を読み直して、送信する。この縁を繫ぎとめたかった。見捨てられたくなかった。

――けれど、ひとつだけ書けなかったことがある。それは夫が浮気をしているんじゃないかと疑っていることだった。言葉にしたら、本当になってしまう気がした。何の証拠もないのに、一人で勝手に不安になって自滅するような、そんな愚かな女にはなりたくない。

携帯を枕元《まくらもと》に戻し、再び訪れた暗闇《くらやみ》の中で、結子はようやく遠くに眠気を感じた。

＊＊＊

約束をした日曜日、光はいつも通り、アパートまで車で迎えに来てくれた。最初に見たときも思ったけれど、年のわりに良い車に乗っていた。春花も詳しいわけではないけれど、それでも高いだろうと推測できるような車だった。

「親父《おやじ》のおさがりなんだよ。俺の給料じゃ到底無理だから」

彼は春花が言葉にする前にそれを表情から読み取り、先回りして答えを話してくれた。こういうのを相性が良いというのだろうかと、助手席に乗り込む。

光の実家は車で一時間ほどのところにあるらしく、今日は彼のお姉さん家族も遊びに来るから招待したいのだと言われた。ご両親に会うことすらハードルが高いのに、お姉さんまで、と緊張していたが、

「大丈夫。春花のこと、もう話してあるし、すっごい楽しみにしてるから」

そう言われてしまっては、私も楽しみ、と答えるしかなかった。お土産《みやげ》の入った紙袋を強く握っていることに気づき、慌てて皺《しわ》を伸ばす。

本当なら余計なことを考えず、万全のコンディションで臨みたかった。今後を決める、大切な日だ。

けれどここ数日、仕事のほうは絶不調と言って良かった。事の発端は、三歳児クラスの喜姫が夏紀に腕を捻られたと言い出したことだった。部屋にいるときは何も言っていなかったのに、母親が迎えに来た途端、腕が痛いと泣き出したのだ。「どうしたの？　何があったの？」そう問いただす母親に、「なっちゃんがやったの！」と叫んだのだけれど……。

やっぱり今思い出しても、その後の美穂のやり方には納得がいかない。怒りで涙が滲んできた。眠いふりをしてそっと目を擦って誤魔化す。

「春花先生！　どうしてちゃんと見ててくれなかったの？」

美穂は何より真っ先に、春花を罵倒《ばとう》したのだった。そして、本当に申し訳ありません、と深々と頭を下げて、二度とこういうことはないように徹底させますから。そう続けた。

それはあまりに鮮やかな手口で、その場にいた誰も気づかなかっただろう。美穂は遠まわしに、でもはっきりと周囲にこう認識させたのだ。

――責任は、全てこの若い新人の、若月春花にあるんです。私には、責任がないんです。

何度もこの手口を見てきた。去年、美穂と一緒に二歳児クラスを受け持っていた保育士は、何度も何度もこうやって責任を押しつけられ、保護者からのクレームに疲れ、結局潰れて辞めていった。

成功は美穂のもの、失敗は部下の責任。それが彼女のポリシー。……冗談じゃない。

そもそも夏紀が勝手に庭に出ても放って置けと言い出したのは、美穂だった。春花が連れ戻そうと庭に出ると露骨に嫌な顔をし、自分の分の仕事を押しつける。それは春花が三歳児クラスの副担任になってから二ヵ月の間に繰り返されている。最初こそ、それが仕事のはずだ、と反論してきたけれど、そのたびに嫌がらせをされた。他の部屋の保育士にまでそれは知れ渡り、味方になってくれる人は一人だっていなかった。当たり前だ。そんなことをしたら、今度は自分が標的にされる。……結局、最後には屈してしまった。まだもう少しこの場所で働かなければいけないのだ。それなら、当たり障りなく過ごせるように場を整えたかった。

良心が痛まなかったわけではない。もし、美穂に何を言われても、夏紀のことをウサギ小屋から連れ戻していたら、喜姫が追いかけることもなかったはずだ。そして争いになることもなかった。結局、大人の都合で子供にしわ寄せがいっている。

が、お門違いだとは分かっていながら、夏紀の母親、千夏子の態度にも怒りを感じずにはいられなかった。

喜姫の登園の時間にあわせてやってきた彼女は、全て夏紀の責任だと認め、泣いている夏紀の頭を無理やり押さえ、謝らせていた。「キキちゃんも悪いの！」と泣く夏紀に「あんたが悪いに決まってるでしょ！」と決めつける千夏子は鬼の形相をしていた。一度だっていいから我が子の目線に立って、寄り添ってあげたことがあるのだろうかと思い、かわいそうになる。が、結局夏紀はそれ以上何も話さず、〈部屋に入らなきゃダメだと言った喜姫に怒って暴力をふるった〉という話に収まってしまった。

本当にそうなのだろうか、と春花は疑っていた。

夏紀は友達の輪に入るのが苦手で、一人で行動し、部屋を出ていってしまうこともしばしばある。それは間違いない。けれど、暴力をふるうということは今までなかったし、どちらかと言えばおもちゃや絵本を強引にとられているのは夏紀のほうで、それで泣くことはよくあった。更に号泣するのは、美穂がそれを〈夏紀が泣くのが悪い〉と理不尽に怒るからだった。が――。

それに意見しない自分もまた、同罪なのだということはよく分かっていた。分かっているから、ストレスが溜まるのだ。吐き出したい本音を吐き出せないまま家に帰ると、激しい怒りと、そして自分に対する嫌悪感でどうにかなりそうになった。忘れるためにに食べ物を口の中に詰め込み、そしてそれを吐き出す。ここ数日は一度吐いた後にもう一度、食べ物を欲する気持ちを抑えきれなくなっていた。顎《あご》が痛い。顔色も悪い。それでも屍《しかばね》のように布団に転がり、携帯を触り、ネットの中の仲間の会話を追う。――寝不足で、身体が悲鳴をあげていた。

「春花？　起きてる？」

光に顔を覗き込まれ、はっと我に返った。彼は反応をおもしろがって笑い、ガムを差し出してきた。それを受け取り、口の中に入れる。ミントの爽やかな味がする。

「仕事、やっぱり大変？」

人の良さそうな、整った横顔を見つめる。彼には日だまりで日向《ひなた》ぼっこをする猫が醸《かも》し出《だ》しているような、穏《おだ》やかな雰囲気があった。きっと周りには善い人しか集まらず、人の醜《みにく》い部分なんて見たことがないのだろう。

「……ちょっと、疲れてるかな」

久しぶりに着たワンピースの皺を伸ばしながら、座り直す。普段は汚れてもいい適当な物しか着ていないから、光と会うときは毎回、服を新調していた。どれがいいか選ぶのは、楽しみというよりも義務的な作業だった。試着室の鏡に映った顔は、戦闘服をまとったように緊張していた。

「やっぱりたくさんの子供を相手にする仕事は大変だよね。……結婚したら辞めて、ゆっくりしたらいいよ」

ありがとう、と春花は言った。

「窓、開けていい？」

彼の了解を取って半分ほど窓を開け、流れていく景色を眺める。前髪を揺らす風から、土の香りがした。田んぼや畑の中に民家が立ち並び、農道を駆けていく子供の姿が視界に入った。空を垂直に割るような高い建物は一切なく、視界が広い。

春花に、〈田舎《いなか》〉はない。アパートを何度か引っ越したけれど、どの街もコンクリートに囲まれて近所づき合いなど皆無だった。どんなに春花や母親が困っていても、助けてくれる人はいない。あの街はみんな、自分のために、誰かを蹴落とすことを前提にしているらしい。

けれど、ここは——。

春花は深く深呼吸をした。

「何にもないけど、良いところでしょ」

光が言った。

「何もなくないよ。田んぼも畑も山も空もある」

「そう言ってもらえて良かった。

昔つき合ってた女の子は、実家に連れていったら途端に引いてたからなあ」

普通だったら、昔の彼女の話なんて聞きたくない、と思うのだろうとは想像できる。けれど春花には全く、嫉妬心がなかった。それは結婚して欲しいと言われているから安心しているだけで、決して光に恋をしていないわけではない、と自分に言い訳をしていた。

「あ、見えた。あそこだよ」

彼が指さしたのは、広い縁側がある日当たりの良い家だった。犬を撫でていた初老の男性が立ち上がり、こちらに手を振る。笑みをこぼした彼は、理想的な日本のお父さんだった。

「休みの日にわざわざ出てきてもらって申し訳なかったね」

そんなことないです、と、頭を振って春花は持ってきたお土産を手渡した。家族揃って甘党だと聞いていたので、百貨店で金平糖を購入した。最近人気があるのだと店員に勧められたそれは、小粒な物から大ぶりな物まであり、味もさまざまで、選ぶ時間は久しぶりに楽しかった。開けてもいいかな？　と問われ、ぜひ、と答える。

「ああ、これは美味しそうだ。うちの学校の先生たちが見たら、全部食べられてしまうだろうな」

光の父親もまた、小学校の先生だった。今は校長先生をしていて、まもなく定年だと聞いている。笑うときにできる目尻《めじり》の皺の数だけ、優しい言葉を知っている気がした。

通された居間は外から見えた縁側に隣接した部屋で、少し視界を移すだけで、広い空を眺めることができた。玄関前の犬小屋から、愛犬が起き出し、前を見てワンワンと吠《ほ》える。ちぎれんばかりに尻尾《しっぽ》を振って喜びを表す彼の視線の先には、春花より少し年上の男女と就学前の女の子二人の姿があった。こちらに手を振る仕草《しぐさ》から、光の姉夫婦だと予想がついた。

「おじーちゃん、こんにちはあ！」

元気良く走り寄ってきた女児二人は、お揃いの水玉のワンピースを着ていた。遠目で見ていたときから思っていたが、彼女たちの姿形は瓜二《うりふた》つだった。玄関ではなく縁側から中に入ろうとする二人を、光の父親は嬉しそうに抱き上げ、「びっくりしたでしょう。双子なんですよ」と笑った。その様子から、本当に孫を可愛がっていることが窺い知れた。

「もー、行儀が悪い子になるから止めてって言ってるでしょー？　こうちょーせんせい？」

追いかけてきた女性が冗談半分に言いながら、春花のほうを向いた。途端にぱっと笑顔が咲き、

「ごめんなさいね、騒々しくて。

うちの子、行儀悪いでしょう？」

「いえ、そんなことないです。

園にはもっと、お転婆な子もいますから」

首を振って否定すると、ああそうか、と彼女は笑った。

「保育士さんなんだもんね。

ほんとーに尊敬するわ。こんな小さな怪獣みたいなのを、何十人と相手にするんだから」

そう言われて、春花も笑った。良い人で良かった、と内心ほっとする。

居間に全員が集まると、光の母親が食事を運んできた。慌てて手伝おうとすると、

「今日はお客さんをしてなさい」と父親に微笑まれ、思いとどまる。双子が争うようにおじいちゃんの膝《ひざ》に座っているのを見ると、心底羨ましいと思ってしまった。頭を撫でる大きな手も、耳の近くで聞こえるその低い声も、幼い頃の春花は持っていなかった。

光が帰ってきたら必ず唐揚げなのよ、と彼の母親は教えてくれた。

「光って本当に唐揚げばっかり食べるもんねえ」

姉にそう言われた光が「姉貴はうるさいんだよなあ」と少し膨《ふく》れっ面《つら》をする。こんな表情を見たことがなかったので、新鮮に映った。

「春花ちゃんは唐揚げだけ作れればいいからきっと楽よお。

普段は仕事から帰っても自炊してるの？」

言われてぎくりとする。普段の食生活を正直に話せるはずがなかった。言葉に詰まっていると、

「いや、普段は料理なんてやってられないよ。保育士さんって本当大変なんだから

さ。

春花は副担任もしてるし、いろいろ仕事があるんだよ」

そう光が助け舟を出してくれた。

「そうよねえ。本当にすごいわよねえ。

お仕事、辛いんじゃない？」

「いえ。子供って可愛いですから」

――あらかじめ用意していた、嘘をついた。保育士をしていると言うと、子供って可愛いもんね、と言われる。が、春花はそう言われるたびに、首をひねってきた。可愛いからなんて、簡単な理由で始めたわけではなかった。けれどそれを一から話したところで相手も本当に聞きたいと思っているわけでもないし、無駄だから相手の反応にあわせている。

「そうよねえ。子供って本当に可愛いもの」

彼女は納得したように頷き、双子を見つめた。

「光は良い子と出会えて良かったなあ」

父親がそう頷き、しみじみとビールを呷った。春花も、光に出会えて良かった、と打算抜きで思った。今や光自身よりも、この家族に惚《ほ》れたと言っても間違いではなかった。

「またご飯食べにおいでね。これ、良かったら家で食べて」

帰り際、彼の母親はタッパーにたくさんのおかずを詰めて、渡してくれた。ありがとうございます、と受け取った紙袋はずっしりと重かった。春花のことを考えてしてくれたと思うと、胸が詰まった。

「お前も送っていったら、そのまま帰るのか」

父親が光に訊ねる。

「そうするよ。って、なのに、俺には手土産なしか」

冗談っぽく拗《す》ねてみせると、母親が「女の子優先に決まってるでしょ」と笑った。

すっかり双子とも打ち解け、またね、と手を振り、車に乗り込む。「弟のことをよろしくね」と言われ、頷く。車が動き始めると、窓から顔を出し、手を振った。彼らが家の中に入るより先に姿が小さくなり、見えなくなった。

「どうだった？　うちの家族」

春花が姿勢を戻すと、光が訊ねた。

「すごく良いご家族ね。

楽しかった」

「なら良かった。春花もすぐにうちの家族に溶け込むと思うよ」

嘘偽りなく、嬉しかった。あんな風に大きなちゃぶ台を囲み、食事をしたのは初めてだった。お盆や年末には親戚も集まって、もっと賑《にぎ》やかになると言っていた。地元のお祭りも盛大にやると言っていたし、楽しみがたくさん増えた。

「それでさ、結婚の時期なんだけど」

光は明るい口調でさり気なく切り出した。運転席の彼は夕日に照らされ、心なしか頬がほてっているように見えた。

「うん」

春花は、これで幸せになれる、と息を呑んだ。今まで辛かった分、これからは幸せになる。

「子供ができてからにしたいんだ」

さらりと言った彼の言葉を、うまく脳が処理できなかった。え？　と訊ねると、光は何でもないように言葉を続ける。

「今日、うちに来てみて分かったと思うけど、親父もお袋も子供が好きなんだよね。姉貴んとこの子が生まれたときも大喜びでさ。

でも、姉貴は嫁に行ったわけで、内孫じゃないわけじゃない？」

淡々と当たり前のように話す光を、怖い、と感じた。つい先ほどまで流れていた暖かい空気は一気に冷え込み、春花の身体にまとわりついた。

「だから、どうしても俺の子供が欲しいって思ってるみたいでね。つき合う相手にもいろいろ口を出されたんだよ。仕事を続ける気がある人はダメだとか、歳がいきすぎてるとダメだとか、子供嫌いはダメだとか。

その点、春花は、ぴったりだったんだ。

歳も若いし、仕事も続ける気はないし。

なんていっても保育士だからね。

子供は好きだし、育て方も分かってるでしょ」

親父たちも気に入ってくれて良かった、と鼻歌でも歌い出しそうなくらいにご機嫌な光は、隣で固まっている春花に気づいていないようだった。ああ、だからこの人は、この容姿でこの職歴でもなお、結婚できていないのだと思い至る。――誰にでも欠点はある。が、この欠点を受け入れられる女性は、きっと多くなかったに違いない。

彼の実家を訪ねたあと、春花のアパートの部屋に初めて上がる約束になっていた。

光からそう言われたときは、いよいよか、と思った。二人はまだ、男女の関係になっていない。春花はその事実を、自分を大切にしてくれているのだと好意的に受け止めていた。婚活パーティーで知り合ったという、少し特殊な例だからこそ、慎重になってくれていると思っていた。

けれど、それは春花の勘違いだった。光は春花のことを思ってそうしたわけではない。――自分の親に会わせ、嫁にふさわしいと認定されるまではそういう行為をしなかった。ただそれだけなのだった。

酷い裏切りだと思う一方で、自分にも疚しいところがあるから責めることができなかった。春花は〈光〉と結婚したいわけではない。収入が安定していて、仕事を辞めて欲しいと言ってくれる人と結婚したいだけなのだ。

大きな誤算だった。まさか彼がそこまで強く子供を望んでいるとは。どうしても子供が欲しいと望むのは女性のほうであることが常だと、春花は思っていた。男というのは勝手な動物で、いつだって自由でありたいのだろう、と。

春花は、子供が欲しくなかった。いてもいなくても良い、なんていうレベルではなく、それは生理的に受け付けないと言っても過言ではない。ただ、子供が嫌いなわけでもないから、話はややこしかった。園にやってくる子供も、光の姉の双子も、道行く子供だって、全員平等に愛《いと》おしく、守らなければいけない存在であるには違いなかった。

が、それが、自分の子供となると、話は別なのだ。

簡単に、子供を産むべきではないと思っていた。それは、ずっと思っていたのか、それとも保育士として働き出し、いい加減な母親たちを見て募った思いなのか、自分では判断がつかない。

光から話を聞いたあとでも、予定通り部屋へ連れてきたのは、〈最良物件である彼〉を手放す覚悟ができなかったからだ。自分に子供を産むことができるだろうか。それを受け入れられるだろうか。逡巡《しゅんじゅん》しながらドアノブに鍵《かぎ》を差し入れる。

もともと物の多い部屋ではないけれど、掃除は抜かりなく終わらせている。狭くてごめんね、と春花が言うと、

「本当に今まで大変だったんだね。もう心配しなくていいから」

そう眉尻《まゆじり》を下げられ、途端に凍《こお》ったのか、それとも燃え盛ったのか、複雑な思いが身体中を巡った。小さく古い部屋だったけれど、ここだけが春花の城だった。馬鹿にされる筋合いはなかった。

春花の沈黙を良い方に解釈した光は、彼女の身体を壁にもたれさせ、片手を頬にあてた。瞳《ひとみ》を覗き込む彼の真顔はドラマの見すぎだとしか思えず、これでもかというほどに春花の気持ちを冷めさせる。

「緊張しなくていいよ、大丈夫だから」

どこまでも空気が読めない男だ。――今朝抱いたものとは真逆の印象を、春花自身が持て余す。

何度か深いキスを我慢し畳へ押し倒されると、彼が上へとのしかかってきた。すらりとして無駄な贅肉《ぜいにく》がないと思っていた彼の身体は、それでも男だと圧倒されるほどには重厚で、細身の春花は身動きすらできずに上を見上げた。

首筋へと舌が這《は》うと、思わずその気持ち悪さに身体が反応した。誤解した光は執拗《しつよう》にそれを繰り返し、満足すると服を脱がしにかかった。

薄ら寒い気持ちで、春花は耐えた。

安定した暮らしが、欲しかった。それを手に入れるためなのだ、と納得したふりをする。

――子供だって、きっと生まれてしまえば、良かったと思えるはずだ。

奥歯が潰れるくらいの不快感を噛《か》み殺《ころ》し、早く終わって、と彼のやり方の先が短いことを願う。

「つけなくていいよね」

一旦身体を離した彼が春花の中へ入ろうとした途端に、彼女の耳に、赤ん坊の泣き声が響いた気がした。

——一生、私のお世話をしてね！　お母さん。

恐怖が足先から頭のてっぺんまでを駆け抜け、身体が硬直した。大丈夫だよ、と耳元で囁《ささや》きながらも動きが鈍《にぶ》くなることのない彼を、人でなし、と睨《にら》みつける。が、彼は春花のことなど見ていない。すでに一人の世界に浸っている。

春花も、目を瞑《つぶ》り、どうか、と願った。

——ごめんなさい、まだ来ないで。私には育てられないから、お願いだから、よそのお腹へ行ってあげて。

どれくらいの時間、そうしていたのか分からない。が、身体を離した彼が、愛してるよ、と囁いたとき、初めて終わったことを知った。

「それじゃあ、休みが分かったら連絡して」

上機嫌で彼が帰っていくと、春花はまっすぐに浴室に飛び込み、身体中を洗った。そんなことをしても無駄だと分かっていても、自分の身体に入り込んだ物を全て洗い出したかった。

今、妊娠するわけにはいかなかった。こんなに赤ん坊を拒絶しているのに、産むわけにはいかない。産んでから「やっぱりいらなかった」なんて、赤ん坊に対してこんな裏切りは他にない。

それでも、光がそれを望めば、きっと次も拒めないだろうと予感していた。鏡に映った苦悶《くもん》の表情を浮かべる自分が忌《い》まわしい。

——どうして本音が言えない。被害者面するな。

シャワーを冷水に換える。心臓が飛び跳ね、そのショックでようやく、喉元でつかえていた涙が、栓を抜かれたように溢れ出た。

これから何を願えばいいのか。矛盾が目から流れ落ち、かろうじて本来の望みだけが瞳の奥でとどまっている。

すっかり冷えた身体で居間に戻ると、携帯が光っていた。彼からのメールが届いていた。

——次の生理はいつの予定？

正気だろうかと怒りに燃える。が、結局、返信をしてしまう。自己嫌悪が酷い。

子供を欲しいと思えない、と素直に打ち明けられるほど、光に心を開いているわけではなかった。そしてそんな相手と、理由はどうであれ、結婚したいと思っている自分を人でなしだと思う。が、それが今の、嘘偽りのない感情だった。

光の母親が持たせてくれたタッパーをローテーブルの上に広げ、蓋を開けていく。彼が好きだという唐揚げ、卵焼き、筑前煮《ちくぜん》、ブロッコリーのナムル、俵《たわら》おむすび、焼きそば、ウサギの形をした林檎《りんご》が、ぎゅうぎゅうと詰められている。春花の過食のことを知っているのだろうかと疑ってしまうほどの量だった。が、それは彼女ではなく、これから生まれてくると信じてやまない、自分の孫への投資だ。

箸《はし》も使わずに、それらをひとつひとつ、口の中に詰め込み、咀嚼する。それは自分の腕を切りつけ、痛みを感じるのに似ていた。

無意識のうちに携帯を摑み、掲示板を開く。そこには無責任な母親への辛辣な言葉が並んでいた。ほっとしながらも、自分も批判される側へ行くかもしれないという恐怖がひたひたと背後から忍び寄る。

新しく〈観察対象〉としてあげられているのは、この頃ランキングに入ってきたという主婦のブログだった。立ち上げの頃は不妊治療の記録をつけていたけれど、最近引っ越しをしたらしく、それ以来、調子に乗っている、と笑われていた。

不妊治療、と、無意識のうちに春花は呟いていた。

お金を使い、病院へ通ってまで子供が欲しいと思う人がいる一方で、どうして自分はそうではないのだろうと、答えのない疑問が、頭の中を覆いつくした。

＊＊

不妊治療センターの予約の日。ドタバタと夫が出勤していくと、さっと家事を終わらせ、結子もまた、バス停に向かった。夫には今日のことを話さなかった。

予約を入れてから毎日つけた基礎体温表が入っていることをもう一度確認し、大丈夫、と呟く。――大丈夫。病院へ行くことは、最初の一歩。

mamaさんからもらったメッセージの中で一番嬉しかったのは〈奥さんが一歩踏み出してみる勇気を持ちましょう！〉という言葉だった。動くことは、悪くないのだ。そういう意味では、基礎体温をつけ始めた二ヵ月半前から、結子は前に進んでいる。それまで自分がきちんと排卵しているかどうかなんて、気にしたことすらなかった。熟読した妊活本には、月経開始から次の月経までの間が、体温が高い時期と低い時期の二つに分かれているかが重要だと書かれていた。分かれていると排卵しているということらしく、結子の体温もそれに当てはまった。もちろん、それだけで妊娠するわけではないけれど、ほんの少し安心できる材料にはなった。

初めて入った病院はおしゃれなカフェのようにカラフルなイスが並んでいて、緊張を少し解きほぐしてくれた。受付で訊ねると、初診受付は別のフロアになると案内され、エレベーターで八階へと移動する。

初診フロアへ入って、まず何より驚いた。受付開始からまだ三十分しか経っていないのに、二十席余り用意されたイスは、もうすでに埋まっている。――こんなに不妊の人がいるんだ。その事実を目の当たりにして、ふらついた。壁際に立っていると、受付の女性が簡易イスを持ってきてくれた。ありがとうございますと礼を言い、座る。

観察する気はなかったけれど、気づくと視線はフロアを泳いでいた。自分より年齢が上に見える人もいたけれど、随分若い人も多いように感じられる。周りがどうであれ、自分とは関係ないはずなのに。自分はこの中でどれだけ妊娠しやすいのだろうと、下品な考えを巡らせてしまう。

一時間半ほど待ってようやく診察室に通されると、自分と同じくらいの年齢の男性が医師としてそこに座っていた。話しづらいと思ったけれど、相手は淡々としていて、機械的な感じが却《かえ》って話しやすかった。

基礎体温表を見せながら話をしているときに、性交渉の頻度を訊かれた。思わず、月に一回程度、と嘘をついてしまう。それではあまりトライできていないし、不妊かどうかは分からない、と医師は言った。が、年齢のこともあるから、一通りの検査をしながら、タイミング療法を試してみましょう、という方向で話はまとまった。

その日に行ったのは、内診や子宮頸部《けいぶ》の癌《がん》検査、クラミジア抗原検査、血液検査など、基本的な検査だった。これまでも会社の健診などで内診台に乗ったことは何度かあったけれど、そのたびに湧《わ》き上《あ》がってくる恥ずかしいという気持ちは、なかったことにはできなかった。冷たい器具が入ってくる違和感に何とか堪える。

「もう少し力を抜いてください」

そう声をかけられ、恥ずかしさのあまり顔に血が上る。深呼吸をし、気持ちを落ち着ける。

——これが最初の一歩。

そう、おまじないのように、唱える。


店のシフトが休みの日に予約を入れ、検査結果を聞くことにした。全ての結果が出るのに一週間はかかるということだった。心身ともに疲れていたけれど、それでも充実感があった。小さく息を吐き、病院を出る。朝一番に行ったけれど、診察が終わるとすでに二時を回っていた。時間を認識した途端にお腹が空き、久しぶりに一人でランチをしようと思い至る。今日はがんばったのだから自分にご褒美《ほうび》だ。決めてしまうとまた少し、気分が良くなった。

独身時代によく訪れていたカフェへ行き、お気に入りだった窓際の席に座る。その店は店主が海外から買いつけてきたテーブルやイスを使っていて、ひとつひとつ物が違った。作られた年代も場所も違うのに統一感がある。店主の腕の見せ所だった。

結子が選んだのはイギリス製のウインザーチェアだった。飴色《あめいろ》のような艶《つや》のある木材は大切に使われているのがよく分かったし、何よりカーブがかかった大きな背もたれは、優しくゆったりと彼女の身体を包み込んでくれる。

店の壁一面に備えつけられた本棚から雑誌を選ぼうとしていると、ふと、絵本が視界に入った。鮮やかな色使いのそれらを気の赴くままに三冊選び、席へと戻る。

ページを捲っていると、子供の頃の記憶が、コーヒーが香り立つように自然と思い起こされた。眠る前に一冊だけ、母親が絵本を読み聞かせてくれた。それらは全て、図書館で借りたものだった。母親の自転車の後ろに乗って図書館へ行く道のりは、いつだって楽しみで――。

子供が生まれたらたくさん絵本を読んであげよう。結子の中には、タイトルこそ覚えていないけれど大好きだった物語が数えきれないほど残っている。

以前、上司が言っていた言葉を思い出す。

〈自分で想像できないことは、絶対に現実にも起こらない。

だけど、自分で想像できることは、大抵のことは実現できる〉
大丈夫だ、と結子は、言い聞かせる。
具体的に立ち上がった子供との生活は、きっと、現実になる。

「え？

俺に何か問題があるっていうの？」

日付を跨《また》いで帰ってきた夫に、冷蔵庫で冷やしておいたお手拭《てふ》きを渡しながら、結子は今日、病院で検査を受けてきたことを話した。カフェで店員が出してくれたお手拭きがあまりに気持ち良かったから、真似《まね》をして作っておいたのだ。それを見たときは嬉しそうにしていたが、不妊治療という言葉を聞くと少し顔を歪《ゆが》ませた。

医師にも、夫婦揃って検査したほうが良いと言われたことを付け加えたのだけど、決して、暗く、重く、言ったわけではない。あくまで軽く話したつもりだった。

が、夫の創は、結子が思ったよりも遥《はる》かに強く拒絶反応を示した。

「問題があるって言ってるわけじゃないの。

ただ、検査しておいたほうが、子供を作るにあたって不安がなくなるってことで。

ほら、年齢もね、そんなに若いわけではないし」

結子は慌ててフォローの言葉を畳みかけた。夫はそれを聞いて、

「いや、俺はまだ若いよ。全然元気だって。年齢で言うなら、結子のほうが問題でしょ？」

そう、むきになった。

昼間温かくなった胸のあたりに、棘《とげ》が刺さる。そこからヒビが入り、ぽろぽろと崩れ落ちそうになるのを、あえて見ないふりをして笑う。

「まあ、そうなんだけどどね」

結子が笑ったのを見て、夫は少し、表情を緩《ゆる》ませた。

「でも結子が子供を欲しいって思ってるなんて、何か意外だな。てっきり嫌いなんだと思ってた。先輩たちと一緒に遊ぶの、あんまり楽しくなさそうだし。あれだって、子供がいるのが面倒だからでしょ？　結子はバリバリ仕事してるほうが似合ってるんじゃない？」

違う、と声にしたつもりが、実際は息にすらなっていなかった。

もう遅いからシャワー浴びて寝るね、と彼はろくに使わなかったお手拭きを結子に返して背中を向けた。

こんなにも夫と分かりあえていなかったのだという事実に驚き、虚《むな》しさに包まれる。溢れてくる涙をお手拭きで拭って、泣き声を押し殺した。浴室から出てくる夫に見られたくなくて、トイレに駆け込み、ただじっと、悲しみが鎮まるのを待つ。

——助けて。

結子は迷わず携帯を取り出し、夫に吐き出すことがなかった言葉を打ち込んでいった。一人ぼっちだったあの夜と違い、信頼できる救世主がネットの向こうにいる。すぐに返事が来なくても、その存在がいるだけで、打ちのめされずにすむ。

夫に、感情をそのままぶつけるような、醜いことはしたくなかった。鬱陶しいと、思われたくなかった。

第三章

＊

——保育園に行きたくない。

夏紀がそう言い始めたのは、喜姫との揉《も》めごとがあってから数日経った頃だった。

毎日同じように泣いてごねる夏紀に、千夏子の苛立ちは最高潮に達した。

「保育園でみんなと遊んでもらえないのは、あんたのせいでしょう！」

パジャマを無理やり脱がしながら怒鳴っていると、後ろから夫の信二が溜息をついた。

「怖い母親だな。

俺はお袋にそんな風に言われた記憶はないな」

涼しい顔で自分の支度を終わらせた彼は、悠長にコーヒーを飲み、さっき洗い終えたばかりのシンクにマグカップを置いた。

「……それはあなたが良い子だったからじゃない？」

嫌味のつもりで言った言葉を夫はそのまま受け取り、そんなことより、と表情を変えずに言った。

「親父の古希のお祝いの話をしたいって、お袋からメールがきてたから、またお前のほうから電話して詳しいこと聞いておいて」

「え、でも、あなたが電話したほうがお義母《かあ》さん喜ぶんじゃない？」

「俺、仕事で忙しいから。お前は嫁に来た立場だろう」

さらりと言ってのける夫は無責任に話を終わらせ、自分一人で出勤していった。

「もう、本当にいい加減にしなさいよ！」

泣き続ける夏紀の背中を叩き、無理やりスモックを着せる。

千夏子はもう、何に怒っているのか分からなかった。夫も夏紀も、何を考えているのかさっぱり分からない。

朝の大騒動と打って変わって、ここ最近は保育園にお迎えに行くと、夏紀はやけに素直だった。あれほど帰りたくないと騒いでいたにもかかわらず大人しく言うことを聞くし、美穂の話によると、園庭にも一人で出なくなったそうだ。とはいえ、夏紀が一人、部屋で浮いていることに変わりはないらしく、美穂の嫌味が止《や》んだわけではなかった。

ママ友との関係は、更に胃が痛い状況に陥っていた。

喜姫の母親にはきちんと謝り、表面上は解決したはずだった。けれどお迎えのときに挨拶をしても目もあわせてくれない。このことは他の保護者にも周知されているようで、今まで普通に接してくれていた人も、さり気なく千夏子のことを避けるようになっていた。

それもこれも夏紀のせいだ。何でこんな子になったんだろう。

気持ちが沈んだが、でもこれで休日に無理やり行きたくもないママ友ランチに誘われることもないじゃないか、と思い直す。

――辛いことがあったら逃げ出せばいい。新しい場所で新しい仲間を作ればいいのだ。

あれから柚季の写真でいくつか記事を書いたけれど、どれも反響が大きく、ランキングは少しずつ上がっていた。やる気になればやれる子なのだ、と自分を褒める。

あれから柚季の家には二回誘われ、遊びに行った。約束していた写真をプリントアウトし、可愛いフォトアルバムにまとめてプレゼントすると、彼女は単純に喜んでいた。問題の多い夏紀も、杏とは仲良く遊んでいる。

――杏が保育園に入ってくれたらいいのに。

そうすればブログの中だけでなく、現実世界でも千夏子は誰かの上に立てるはずだった。池上恵も、他の保護者も、柚季の容姿や経済力に敵う人はいない。誰もが振り返る柚季と杏。引っ越してきたばかりの彼女たちの一番の仲良しは、誰でもない千夏子なのだ。

携帯が短く震える。メールが届いた合図だった。きっとまたコメントがついたのだ。もう見なくても分かった。

少しだけ気持ちは持ち直し、ぐずる夏紀を抱いて外へ出た。

「お父さんの古希のお祝いなのよ？　そういうのはお嫁さんから言い出すのが普通なんじゃない？」

パートの昼休みに義母にかけた電話は、思った以上に長くなりそうだった。休憩室でかけていたけれど他の従業員が入ってきたため、廊下へ出て裏口へと走った。午後からも仕事があるのに、つまらないことに時間を使いたくない。

「千夏子さん、聞いてるの？」

裏口から外に出た途端、陽光に目が眩んだ。すいません、と、しおらしい声を出しながら顔をしかめる。面倒くさい。

「あのね。お父さんのことを本当に大切に思っていたら、自然と出てくる言葉だと思うのよ？　あなたがどれだけ、できない嫁でも」

「本当に気が利かなくて、すいません。お義兄《にい》さんが何か計画されているかと思っていたので」

「信一《しんいち》にそんな時間があるわけないでしょう？　忙しいんだから！」

夫の兄である信一は、東京の銀行で働いている。あまり顔をあわせる機会はないが、千夏子は彼が苦手だった。いや、義兄だけでなく、義姉も、義父も義母も、千夏子は通じ合える気がしない。彼らはみな、ある点で、以前の職場の人たちに似ていた。——自分に自信があり、人を見下すことを当然だと思っている人種。

結局、来月の義父の誕生日に義兄夫婦がこっちに帰ってくることになっているから、良い店を予約しておくようにと一方的に言われた。

「なっちゃんに会えるの、楽しみにしてるんだからね。

ほんと、もっと連れてきてくれたらいいのに。気が利かないんだから」

そうまとめ、電話を切られた。

夫の実家へ行くと、一番可愛がられるのは、夫でも千夏子でもなく、夏紀だった。決して、顔が良いわけでも、愛嬌があるわけでもない。それでも大切にしてもらえるのは〈初孫〉というブランドがあるからだ。黙ってそこにいるだけでいい存在。

——憎たらしい。

ただ、千夏子は夫の実家——特に義母に対しては、頭が上がらなかった。後で知ったのだけれど、不妊治療にかかった費用のほとんどは義父には内緒で、義母がスポンサーになっていたらしかった。当時からおかしいと思っていたのだ。夫がそんなにお金を持っているはずがなかった。

信二は大学時代から続けていた書店のバイトから契約社員になり、三十歳を過ぎてから、営業に移るなら正社員にしてやると言われたそうだ。つまり、千夏子が勤めていた予備校に営業に来るようになったまさにあの直前に、正社員になったのだ。――それを知ったとき、千夏子は僅《わず》かながら、騙《だま》された、と思った。

出会った当初、三十歳を超えているのに大人特有の厭《いや》らしさがなく、寧ろ少年のように純粋だと感じた。が、今となっては、ただ単に、子供だっただけなのではないか、と疑っている。

そもそも夫は、結婚するまで一人暮らしをしたことがなく、ずっと実家暮らしだった。お金を入れていたという話も聞かないし、社会人になってまで母親の作ったお弁当を持っていっていたというエピソードを聞くと、薄ら寒い心地さえした。

だからこそ夫は、何の疑問もなく、説明すらなく、不妊治療の費用を母親から〈恵んでもらった〉のだろう。子供がおもちゃを買うために、お小遣いをせびるように。

が、やはり分からないことがある。――夫はどうしてそこまで、子供を作ることに積極的だったのか。休日も夏紀と積極的に遊ぶでもないし、教育パパなわけでもない。生まれたときこそ嬉しそうだったけれど、子育てに協力的な時期は、思い起こす限り、短いものだった。古いおもちゃに飽きて新しいものに目移りしてしまったのだろうか。何にせよ、父親には向いていない。

携帯を見ると、休憩時間は残り十五分を切っていた。さっさと残りの菓子パンを食べて歯を磨かなければいけない。不快になる考えを振り払い、千夏子は屋内へと走って戻った。

〈件名：検査結果がでました〉

文末に笑顔の顔文字がついているのを見て、千夏子は舌打ちをした。本文を読まなくても送り主の機嫌が手に取るように分かる。おおよそ、彼女の身体には、大きな問題が見てとれなかったのだろう。

お迎え時、保育園の駐輪場で、ちょっとだけと言い訳をして携帯を触る。その途端に時間の感覚がなくなり、ちょっとだけ、が、あと少し、に変わる。

コメントやメッセージを送ってくる読者はここ数週間でかなりの数に増えていたけれど、現実の友人以上に頻繁に連絡を取ってくるのは、ＹＵＩだけだった。夜眠れないという彼女につき合い、相談から世間話まで、いろんなやり取りをした。顔も見たことのない自分に、これほどの頻度で関わろうとしてくるのだから、きっと友人がいないに違いない。

密なやり取りの中、ＹＵＩという人が、どういう経歴で、容姿で、どんな生活をしているか、――人となりが分かるたびに、苛立ちが募った。子供がいなくたって、充分恵まれている。

アパレルの店長をしているということは、きっと容姿も整っている。不妊治療の検査の帰りに一人、カフェでランチをし、絵本のセットを衝動買いする財力もある。本格的に治療を始めたら、何度通院しなければいけないか彼女は分かっていない。そのたびに〈自分にご褒美〉をしていたら、破産してしまう。それとも彼女は、普段からそういう金遣いをしているのかもしれない。きっと毎日、オシャレなだけで腹持ちのしないランチを食べているに違いない。こっちは毎日、百円の菓子パンに家で入れた麦茶だ。

〈年齢のこともあってすごく緊張していたのですが、これと言って問題はないということでした！　生理周期にあわせて、まだまだ検査はあるみたいなので、がんばろうと思います。

とはいえ、この喜びを夫と分かちあえないことが辛いです。

夫に「子供嫌いでしょ？」と言われた傷が癒えません。

YUI〉

最初こそ喜びを綴っていたけれど、その文面にやせ我慢と本音を読み取り、千夏子はほくそ笑んだ。――幸せになられてたまるか。

初めて彼女からのメッセージに返信したとき、まず自分一人で検査に行くのも手だとアドバイスをしたのは千夏子だ。それは嘘ではない。自分の身体について知ることは、不妊治療の第一歩だ。が、それを夫に話すことは逆効果になるだろうと想像していた。

結婚してから自分を抱かなくなった夫に、子供が欲しいと無理やり迫るようなものだ。それはプレッシャー以外の何ものでもないだろう。――千夏子はそれを分かっていて、夫にさり気なく、不妊治療の検査をしてみたと言ってみたら、と助言したのだ。夫婦仲が壊れればいい。そう思うのは、歪んでいるだろうか。他人の不幸を見ると、自分は幸せだと思う。たかが、ネット上のつき合いなのだ。どんなアドバイスをしたって最終的に行動するのは彼女自身なのだから。自分に責任はないと、千夏子は開き直る。――例えば、誰かに〈死ね〉と言われたからって死なない。〈消えろ〉と言われたって、消えないじゃないか。

子供の笑い声が聞こえて、はっと顔をあげる。池上恵と喜姫を中心にママ友たちが駐輪場に向かってきているのが見えた。千夏子は、すっと背筋を伸ばし、こんにちはと挨拶をして、すれ違った。何を言われても、無視をされてもも う、傷つかない。自分の居場所はここではない。

今は何より、ＹＵＩに、妊娠しました、と報告されることが嫌だった。きっと、激しい焦燥感にかられる。彼女は、ありがとうございましたとお礼を言い、きっと二度とブログを訪れることはないだろう。彼女は〈子供がいない〉という点以外で、千夏子に負けているところはない。

結子の人生がどれだけ自分より充実していても、〈子供を産んだ〉という一点が優っているだけで、千夏子は、勝った、と思えた。

——誰かに、勝っていたかった。

家事を終わらせ、夫が帰宅するまでの僅かな時間に、自分のためだけに紅茶を入れるのが、ここ最近の千夏子の楽しみだった。少しくらい、部屋が汚れていても気にならない。贅沢だ、と思う。——それも柚季にもらった高級品だった。はちみつのような甘い香りを嗅《か》ぎながら、携帯を触る。夕方からお預けになっていたＹＵＩのメッセージを読み返し、作家にでもなったような気分で文章を考える。

〈件名：ひとまず安心ですね！

こんばんは。

検査結果を知らせてくださってありがとうございます！　ひとまず安心！　ひとま

ず一歩！　ですね！　私も安心しました。

添付した画像は、子宝に恵まれるというコウノトリキューピーです。これを携帯のフォルダに入れているだけでご利益があると有名なんですよ！　私も入れていました！

ですが、旦那さんの「子供が嫌い」発言、悲しいですね。他の誰でもない、パートナーから言われた言葉というのは、ずっとずっと心の中に留まって、ふとした瞬間に蘇《よみがえ》ってくるものだと思います。

私も、夫に言われた嫌なことは、ずっと忘れられません。

とはいえ、病院に通っているということは前進なのだから、そこは大いに自分を褒めてあげてください。内診台って、何回乗っても嫌ですもんね（そういうことを男の人は分かってないですよね）。

私も検査の後は毎回、自分にご褒美してましたよ！　この間買った絵本を読んで、リラックスしてください！〉

我ながら嘘ばかりの文面に苦笑する。内診台を恥ずかしがっていては不妊治療はできない。自分にご褒美、なんてどれだけ甘えているのだと思う。そんなことで子育てができると思うな。コウノトリキューピーの画像だって、ネットで検索したものを適当に添付しただけだった。一連のやり取りの間に、自分が試した子宝祈願のジンクスやお守り画像は紹介しつくしてネタが切れてしまっている。苦肉の策だったけれど、きっとこれだって彼女は有り難がるだろう。

〈この間も話しましたが、夜の生活のほうはどうですか？（こんなこと訊いてごめんなさい）

病院に通うことも大切ですが、やっぱり夫婦間にそういうことがない限り、子供を作ることは難しいです。

私自身、セックスレスになったことがあるのですが、時間が経てば経つほど、ハードルが高くなるので、早いうちに対策を練ったほうがいいかもしれません。

前回書いたように、私は、生活リズムをあわせたり、普段から化粧をがんばったりしました。……あとは、滋養強壮に良い料理を作ったり。別のレシピも、今度送りますね。

あとは、やっぱり、きちんと話すことが大切だと思います。セックスも、コミュニケーションのひとつですから。

旦那さんの浮気が見つかったとか、そういうことじゃないんだから、きっとうまくいきます。

ずっと、応援してます〉

これも嘘だった。回数こそ多くないけれど、夫は千夏子を女として必要としている。妊娠しているときでさえ、長く途切れたことはない。

ＹＵＩは自分から話すことはなかったけれど、こうやって、夫婦間の性の問題について訊いてやると、待っていたかのように饒舌《じょうぜつ》に、愚痴を綴って寄越した。それは、女としての千夏子の欲を、充分に満たしてくれた。

文末に署名を入れて送信すると、ちょうどよい温かさになった紅茶を啜《すす》った。

「ママ、おしっこ」

雰囲気をぶち壊す声が聞こえる。夏紀が目を擦り、こちらを見ている。

「もう！　紅茶が冷めるじゃない！」

ゆっくりお茶を飲むこともできないのかと、怒りを感じる。トイレに連れて行き、ぐずる夏紀を布団に押し込む。リビングに帰ってきて携帯を見ると、もう、返信が来ていた。

〈件名：ひとつ、気になることがあります。

いつもすぐに返信をくれてありがとう。本当に救われます。

今日も夫は仕事で、忙しくて泊まりになると思う、とメールが来たばかりです。一人、部屋にいると気が滅入《めい》ります。

生活リズムをあわせたほうがいい、――分かってはいるけれど、今の状況ではなかなか難しいです。お互いの休みの日どころか、寝る時間すらあわない生活なので。でも、そうですよね。同じ時間にベッドにいないのに、そういうことが起きるわけがないですよね。

前回、アドバイスをもらったように、家の中でも毎日、きちんと化粧をしていたら、「家にいるときくらいすっぴんでいたら？」と言われてしまいました。うまくいかないです。

それに、実は前からひとつ、気になっていることがあります。

さっきのメールに、〈浮気が見つかったわけではない〉という言葉を見て、どきっとしました。もしかして、ｍａｍａさんには全てお見通しなのかな、っていうくらい。

もともと忙しい仕事だと分かって結婚したわけだし、年齢が離れていることも魅力だと思っていました。だけど、やっぱり気になってしまいます。例えば、今、仕事だと言っているけど、本当なのかなって疑ってしまうところもあるんです。

最初こそ、被害妄想なのかなと思っていました。

だけど、先日、彼の会社の社長——彼の大学の先輩なんですけど、その奥さんが、私が勤めている店に突然来たんです。結婚式で着るワンピースを見にきたと言っていたけれど、結局買わなかったし、そのときに言われた言葉がずっと残っていて。

最近、夫が疲れていて元気がない、って言われたんです。それはあなたの旦那さんがこき使うからでしょう、って思ったんだけど。でも、仕事だからしょうがないって納得しようとしてました。でも、彼女、こう言ったんです。

「大事にしないと私がもらっちゃいますよ？　奥さんも、気をつけてあげてくださいね」

なんて嫌味なんだろうって、顔から火が出そうなくらい、悔しかったんです。

だって、なかなか家に帰ってこないからご飯を作ってあげることも、マッサージをしてあげることもできない。私にだって仕事があるから、一晩中、彼の帰りを待つことなんてできないんです。

それなのに、彼女は夫のことを、ちゃんづけで呼んでいて、会社に晩御飯の差し入れもしているそうなんです。それを夫は隠していて……。

疑いたくなんてない。でも、どうしても疑ってしまうんです。

私は、何で彼と結婚しているんだろう。そう思ってしまうんです。

YUI〉

ここまで感情がだだ漏れになっている文章は、初めてだった。——おもしろくなってきた。

千夏子はもつれる親指をもどかしく思いながら、返信を書き綴った。自分より女子力が高くて、経済力がある彼女は、今、絶望の淵《ふち》に立っている。

彼女が堕《お》ちていく様子を、観察したかった。——それに少しくらい加担したって、罰は当たらないだろう。どうせ彼女は、何もしなくたって不幸なのだから。

＊＊

勢いに任せて文章を綴り、送信した途端、涙が溢れた。結子はティッシュを引き寄せ、鼻をかんだ。頬をつたう涙の跡はそのままにした。どうせなら思い切り、遠慮をせずに泣きたかった。

以前、〈涙活《るいかつ》〉なるものの記事を読んだとき、何でもかんでも活をつければいいというものじゃないだろうと批判的な感情を持った。けれど、今なら分かる。泣くことは、ストレスを軽くする。そして、人は滅多なことがなければ、泣かない。結子だって、夫とのあれこれがなければこんな風に子供のように泣くことはなかった。仕事でうまくいかなくても、友人の言葉に傷ついても、やるべきことをやって忘れるようにしていた。

が、結子の涙腺《るいせん》はこの数週間、壊れっぱなしだった。夫に〈子供が欲しい〉ということを初めて伝えたのに、まさか自分のことを子供嫌いだと思っていたとは。そして〈年齢的に問題があるなら結子のほう〉と決めてかかるその態度。――なら、どうして私と結婚したのだろう。今更、年齢差のことを言うなら、最初から対象から外しておいて欲しかった。

結局、病院に検査結果を聞きに行けたのは、予定より二週間遅れてからだった。予約をしていた結子の休日に、スタッフが急に体調を崩し休みたいと連絡があり、結子が代わりに出勤することになったのだ。その後も仕事が立て込んで、今日になったのだが――。今のままでは、不妊治療をするのは難しいと、身をもって実感する。子供を作る準備をしている身体は、仕事の都合を聞いてくれない。が、仕事だって、突然投げ出すわけにはいかなかった。特に、結子が勤めている店はスタッフ五人で仕事を回している。一人が体調不良を訴えれば、誰かがフォローするのはお互いさまだ。けれど、忙しいときはどんなに頭で分かっていたって、「自己管理がなっていない」と現場から不満は出るものだ。そんな中で、「不妊治療をするから」と素直に話し、協力してくれるスタッフが何人いるだろう。単純な風邪と違って、治療はいつまで続くか分からない。急なシフト変更や早退にいつまで応じればいいのだと苛立つ顔が想像できる。——それに、あの女の園で、不妊治療をすると宣言することは、噂話をしてくれと、自ら餌食になりに飛び込んでいくようなものだった。が、言わずに病院に通うことが可能だとも思えない。

ようやく涙を拭う気になり、鏡を手に取る。老《ふ》け込《こ》んだ自分の顔を見て、更に凹《へこ》む。そして店に来た上司の奥さんの姿を思い出し、——女性としての自信を奪われていく。確か彼女は夫と同じ歳だった。五歳年下の彼女の肌は、子供がいるとは思えないほど張りがあってみずみずしかった。

「疲れてませんか？」

そう顔を覗き込んだ彼女は、結子の何を見て、そう思ったのだろう。目元の小皺《こじわ》か、それとも肌のくすみだろうか。あなたも五年後にはこうなるのだと思ったけれど、そのとき結子は、もっと老け込んでいるに違いなかった。

携帯が鳴る。新しくメッセージが届いた合図だった。見る前から相手が分かる。彼女がいてくれなかったら、きっと、真正面から泣くことすらできなかっただろう。

〈件名：どうして今まで一人で抱えていたんですか〉

怒っているようで結子を包み込んでくれるような一文に、また涙が溢れた。どうして彼女はこんなにも、結子が言って欲しいことを言ってくれるのだろう。

〈……なんて、言いづらいですよね。分かってます。でも、一人でどれだけ悩んでいたかと思うと、本当にほんとうに、身を切り刻まれるような思いがします。

打ち明けてくれてありがとう〉

ネットの向こうの彼女の姿を想像してみる。きっと優しい人に違いなかった。子供の面倒を見て、仕事もしているのに、こうやって見ず知らずの自分に時間を割《さ》いてくれる。彼女のブログは最近、ランキングが急上昇していて、コメントも多い。自分以外にもこうやって相談している人がいるに違いなかった。きっと、朗《ほが》らかで優しい女性なのだろう。最近アップされたコーディネートの記事には、彼女と娘さんの写真が載っていた。顔こそ隠しているけれど、優しそうな雰囲気は滲み出ていた。

〈……実は、ブログには書いていませんが、私も浮気をされたことがあります。YUIさんとは違って、不妊治療をしているときではなく、出産が間近に迫ったときでした。浮気のことを知ったときは、大変辛いものがありました〉

え、と思わず声が出た。

そして思い出す。もう何度もブログを最初から読み直していたけれど、彼女は出産してから約一ヵ月、ブログを書いていなかった。育児で忙しかったのだろうと何の疑問も抱かずに読み飛ばしていた。けれど、きっとその一ヵ月、彼女は悩みに悩んでいたのだろう。自分を裏切った夫を許していいのか。その夫の血を分けた娘を、どうやって育てていったらいいのか――。

再開されたブログは、愚痴など一切こぼすことなく、日常が淡々と綴られていた。浮気の事実を知って思い起こせば、出産後は更新頻度も低く、以前と違って、感情を書き記すようなこともなかった。それでも最近の記事は、――引っ越しをしてから更新されたものは、以前のようにキラキラとした毎日が画面の向こうから伝わってくる気がする。きっと、長い時間をかけて、夫に対する疑念をふっきったのだろう。もしかしたら、引っ越しそのものが、過去との決別だったのかもしれない。

強いな。結子は思わずこぼしていた。母親になるには、こんなに強くならなければいけないのか。


〈私のときも、夫の仕事がだんだん忙しくなって、帰りも遅くなって。何かおかしいなと思って、携帯を見てしまったんです。……絶対にそんなことをしたらいけないって思ってたのに。

そうしたら、会社の後輩の女の子と食事に行っていたことが分かって。

かっ、となって問い詰めたんです。

夫はもともと優しい人だし、少し気が弱いところがあるので、全てを話してくれました。そして、浮気だったのだ、と言っていました。決して、本気ではない、と。

産まないという選択はできない時期にきていたし、そもそも産まない選択肢はなかったけれど、産んだ後、これからずっとやっていけるかどうかは、悩みました。

そして、たくさん話し合いをして、今に至ります。

YUIさんは、良くも悪くも、まだ、母親ではありません。

でも、今、旦那さんのことを百パーセントで信じられないのであれば、子供は作らないほうがいい。いいえ、子供を作らなくても、きちんと、白黒はっきりつけたほうがいいと思います。

もしかしたら辛い真実を知ることになるかもしれないけれど、見て見ぬふりはできません。いつか綻《ほころ》びがでてきます。

お願いだから、自分を大切にしてください。平気なふりを、しないでください。

mama〉

――自分を大切にする。

よく聞く言葉だけれど、実際にどうすることがそうなのか、今まではよく分からなかった。けれど、彼女のメッセージを読んで、何となく手に摑んだ気がする。それは、自分の気持ちに嘘をつかないということだろう。傷ついたら傷ついた。気になっているなら気になっている。それを認めて、自分を否定しない。それがきっと、自分を大切にするということだ。

結子は普段から、仕事をしているときも常に、自分ではない何かであろうとしている。少し身体がしんどくても我慢をするし、乗り気でない誘いも断ることができない。

そう思うと、昨日、仕事の後に木南夕香と飲みに行ったことは、自分を大切にしていたとは決して言えない。寧ろ、傷つけていたと言っても過言ではなかった。

ちょっと覗きに来たわよ、と夕香が店に現れたのは、結子が二回目の小休憩に出ようとしたときだった。

「セールのＤＭが来てたから見に来たんだけど、これから休憩？」

小学生の娘がいるとは思えない立ち姿に怯《ひる》む。彼女はまさに、結子が欲しいと思っているものを全て手にした女性だった。

休憩は後にずらせると、彼女にあわせようとしたけれど、

「あ、いいのいいの。適当に見て買っとくから、休憩行ってきて。

……それより、今日は何時まで仕事なの？」

お客様とプライベートでつき合ってはいけないという規則を知っている彼女は、小さな声で耳打ちした。要するにここからは、私的な会話ということだ。聞きたくないと反射的に思う。

「……九時までです」

「そうなのね。

ねえ、今日は母親が娘を見てくれてるから、久しぶりに飲まない？

ちょっとくらい遅くなったって、旦那さんも怒ったりしないでしょ？」

ここで、うん、と言わなかったら、じゃあいつなら大丈夫？　と、返ってくるのは目に見えていた。きっちり予定を取りつけなければ引き下がらない性格だということを知っている。それくらいには長いつき合いなわけで、結子の性格では、無下に扱うことはできなかった。

「私はいいんですけど、まだかなり時間がありますが大丈夫ですか？」

「それは全然平気。四時間くらい余裕で潰せるわよ」

以前よく利用していたバルに予約をしておくという彼女に礼を言い、休憩に出た。バックヤードに入る扉についている鏡を見て、嬉しそうにしているとしか思えない笑顔に驚く。こんなときでも私は笑っているのか。職業病、という言葉が頭を掠《かす》める。お客様の前で感情を表に出すわけにはいかないけれど、それにしたって――。まるでどこを切っても笑顔しか出てこない金太郎飴《きんたろうあめ》みたいだと思う。

こちらは会いたくないと思っているのに、どうしてそういう相手に限ってやたらと懐《なつ》かれるのか。それは結子にとって、切実な問題だった。それはプライベートに限らず、仕事場でも同じだ。

ブランドイメージというのはあるけれど、実際に店に訪れるお客様のタイプはひとつにくることができるものではない。が、それぞれの店員につく顧客様というのは、その店員の性格によっておもしろいほどにタイプが分かれるものだった。

例えば、結子の前に店長をしていた女性の顧客様は、とにかく〈素直な良い人〉が多かった。こちらが考えて勧めた商品を「いいわね」と喜び買ってくれるし、癖がないから彼女が休みの日に来店されても、他の店員の接客で何の問題もなく、買い物をしてもらうことができた。

かと思えば、今年二年目の新人ちゃんには、〈話好き〉が集まった。世間話を一時間や二時間、延々繰り返すけれども、最後にはきちんと買ってくれる。彼女はお客様に限らず、相手が誰であろうと、ニコニコ話を聞いてあげるタイプだった。顧客様もそれが気持ち良いのだろうと想像するのは簡単だった。

結子の顧客様は、――元店長に言わせるなら、〈強気でプライドの高い人〉が多かった。まず、勧めた商品に対して、好意的な反応を示すことは少ない。大抵、「私はそういうの着ないから」と見向きもせず、自分で他の商品を探し始める。決して、顧客様の好みや嗜好《しこう》を間違えたということではない。実際、回り回って、「これにするわ」と、最初に勧めたものを、さも自分で発掘したかのように買っていくことも一度や二度ではない。

そして彼女たちは、結子以外の店員から接客を受け、買い物をするということは、絶対になかった。休み明けに出勤すると、スタッフに、「酷い目にあいましたよー」

と泣きごとを言われることだってあった。長い時間拘束され、がんばっていろんな提案をしたけれど、「あんたたちじゃダメ。結子さんがいないと服も買えないわ」と帰ってしまったのだという。どの商品を勧めたのか訊いてみても、決して的外れな接客だとは言えなかった。要するに、〈結子以外の店員が勧めた服〉は、服ではないということなのだろう。

一体、自分の何が、そういう癖のある顧客様を集めてしまうのか——。これは前の店長にも、何度も注意されたことだった。言葉は悪いけれど、店員の話を素直に聞いてくれる顧客様は良い顧客様だ。こちらが買って欲しいと思っている服を買ってくれるのだから、そういう顧客様が増えることは店にとって良いことだ。けれど、結子の顧客様は、全く正反対と言えるわけで——。

「もちろん、どうにかしようとして、どうにかなる問題でもないかもしれないのよ。そういう顧客様が、あなたを頼って店に来てくれて、年間に四十万円以上の買い物をしてくれるんだから、それは悪いことじゃないんだし」

あれは、結子がまだ三十二歳のときだった。店長に誘われ、チェーン店の居酒屋で飲んで帰ることになったのだ。ピシっと決めている彼女が、焼き鳥を片手にビールジョッキを呷る姿はあまりに衝撃だったけれど、不思議とそれすら様になっていた。

「でも、ちょっと考えてみたほうがいいと思うのよ。

あなたは少し、自分に自信がなさすぎるんじゃないかしら。お客様もそれを敏感に嗅ぎ取っている気がするわよ。……この人には、少しくらい理不尽なことを言っても、怒らないって」

理不尽、と呟いた声は、近くの席にいた大学生の団体の騒ぎに消し去られた。それにね、と彼女は続ける。

「これからあなただって、人の上に立って仕事をしていかなきゃいけないときがくるんだから。締めるときは締められるようにならないといけないし、逆に、心を開いて、スタッフに寄り添わなければいけないときだってある。もっと人に関心を持ったほうがいい。

それだって、仕事のうちよ」

例えばどの辺のことですか、と訊きたかったけれど、ごちゃごちゃ言うのは嫌になってビールの炭酸と一緒に飲み込んでしまった。——そう。彼女はきっと、〈この場〉のようなものを、結子も後輩と作るべきだと言っているのだろうとも思うし、彼女のように、少しキツい言葉だって、本人のためには言うべきだと言っているのだろう。それは分かる。

——だけど。

女子はみんな、キツいことを言われれば拗ねるし、それが本当のことであればあるほど、恨みを買ってしまう。言って不機嫌になられて、人間関係に支障を来すのなら、あえて言葉を飲むことだって、必要なんじゃないのか。

そういう結子だって、女だった。人に関心を持っていないとでも言われるようなその物言いに、少しは反感を抱いてしまう。ああ、嫌だ。だから女は。だから私は、私のことが嫌いだ。

人に何を言われても、それがどれほど酷いことでどんなに憤っても、心のどこかで、「でも、それは的を射た言葉かもしれない」と、思ってしまう。その癖こそが、自尊心のなさの表れなのだと分かっていた。が、どうしようもない。反射的に、そう思ってしまうのだから。

結子にできるのは、〈傷ついていないふり〉しかなかった。


「何か、男っぽい顔になってるんじゃない？」

待ち合わせをしていたバルへ行くと、夕香はすでに白ワインを片手にチーズをつまんでいた。待たせてごめんなさい、と向かいに座った途端にそう言われ、視線が泳いだ。

「仕事しすぎたらやっぱりそうなるのかなあ。

ダメよー、もうちょっと女子力あげないと。旦那に浮気されても文句言えないわよ？」

わざとらしく小首を傾げてそう言われ、一瞬、動作が止まった。それを見た夕香が、嘘よ、嘘っ、とまたも可愛い子ぶって笑う。

「お生憎《あいにく》さまです。夫とはとてもうまくいっておりますー」

結子も彼女にあわせて、小首を傾げてみせた。馬鹿らしいと思いながら、こういうことの積み重ねが女同士には必要なのだと言い聞かせる。

「あら。じゃあ、浮気の心配なんてひとつもないの？」

「ありませーん」

涼しい顔を装ってメニューに視線を移したけれど、内心は早く話題を変えたくて仕方がなかった。このまま続けていたら、ふとした瞬間に、実は、と弱みを見せてしまいそうだった。

「じゃあさ、旦那の携帯も見たことないんだ？　一度も？」

「もちろんないですよ」

「見ようと思ったこともないの？」

「もちろん」

それは本当だった。どんなに親しい仲でもプライベートな部分まで踏み込むことは避けるべきだ。それは夫婦間でも同じことだった。

「えー、それって、自信がないからじゃないの？」

夕香は大袈裟に声を張り上げた。周囲の視線が気になり「恥ずかしいですよ」と声を潜める。

「どんなに仲の良い夫婦だってね、定期的にチェックしたほうがいいわよ？　これ常識。世の中の奥さんはみーんなやってます。

いいじゃない、見てみれば。

それで何もないって安心すれば、更に絆《きずな》は深まるってもんでしょ？

結局、結子は、現実を見るのが怖いのよ」

ウエイターを呼び止め、彼女が勝手にあれこれ注文する側で、結子はモスコミュールを頼んだ。アルコール感があまりないくせに実は度数が高いそれは、さっさと酔っぱらってしまいたい結子にとって、うってつけの酒だった。

ｍａｍａさんからのメールを読み返しながら、前の店長や夕香の言葉を思い起こすと、言い方や態度は違っても、言っている内容は一緒なのではないかと思い至る。

——自分に自信がなさすぎる。

——現実を見るのが怖い。

——平気なふりをしている。

一体、自分がいつからこんな風に弱くなってしまったのか、結子はその分岐点を思い起こすことができない。それとも、生まれたときからずっとこうだったけれど、それを認識していなかっただけだろうか。

子供の頃から結子は〈しっかりした子供〉と評されることが多かった。学級委員のなり手がいなくて困ったときは最後の砦《とりで》と言わんばかりに拝まれたし、両親から〈手がかからない子〉と言われることが誇らしかった。が、決して、やりたくてやっていたわけではないし、両親に甘えたくなかったわけではない。ただ、自分が引き受けないと前に進まない空気を読んでいただけだし、共働きの二人の手を煩わせて、怒られるのが怖かっただけだった。要するに、自分の気持ちを素直に話して拒否されるのが恐ろしく、言う前に飲み込んでいたのだ。

――それこそが、自分を大切にしているとは言えないのかもしれない。

知りたいという気持ちがあるなら、それを堪える必要はないのだ。それは何ら恥ずかしいことではないのかもしれない。

マンションの階段を上る足音と一緒に男女の笑い声が聞こえ、扉が閉まる音と共にまた静寂が訪れた。隣の夫婦が帰ってきたのだろう。平日でも時々こうやって、二人揃って帰宅している。職場が近くなのか、それとも偶然一緒になったのか。何度か顔をあわせたことがあるけれど、まだ若い夫婦だ。網戸だけにして窓を開けていると、夜遅くでも何やら楽しそうに議論をしている声が聞こえてくることも度々ある。つき合いたての恋人同士のように、話しても話しても、まだ足りないような熱量を、羨ましいと思ったことは一度や二度ではない。が、そのたびに、自分に言い聞かせてきた。もう、そんなに若くないのだから、と。

でも、もう、そうやって諦《あきら》めたふりをするのは、止めることにしよう。欲しいものを欲しいと言って、何が悪いのか。

風呂に入るとき、夫が携帯を寝室のサイドテーブルに置きっぱなしにしているのを、もうずっと意識していた。中を確認したいという衝動を抑えていたのは、夕香の言う通りに本当のことを知ることが怖いからなのか、それとも嫉妬に狂った女になりたくないからなのか、どっちなのだろう。ただ、一度だけ確認して安心したいだけ。そう言い訳をして、携帯を手に取る。充電中のその塊《かたまり》は、生きているように熱を帯びていた。

シャワーの音が聞こえている間に、全てを終わらせたい。急いで画面に触れると、〈パスワードを入力してください〉と十の数字のボタンが現れた。ロックを掛けている。何か疚しいことがあるのだろうかと、心臓が跳ねた。——絶対に、中を見なければいけない。

結子はまず、夫の誕生日を入力してみた。が、解除されない。じゃあ、と、結婚記念日を入力してみる。それでもダメだった。続けて自分の誕生日、夫の携帯番号の末尾四桁《けた》、自分の携帯番号の末尾四桁、夫の母親の誕生日を入力してみるけれど、全て外れ、──一分間使うことができません、と表示される。六回暗証番号を間違えると、しばらく使えなくなることを、結子は知らなかった。これも、夕香が言うところの〈常識〉なのだろうか。

と、夫が浴室のドアを開けた音が聞こえた。慌てて携帯をサイドテーブルに戻し、何も知らない顔をしてベッドに潜り込む。

──お願いだから携帯に触らないで。

結子の祈りも虚しく、夫はタオルで身体を拭きながら携帯へと急ぐ。

「ちゃんと身体拭いてきて。床が濡れちゃうでしょ」

「後で拭くから。仕事で一本、急ぎのメールを忘れてて」

夫は携帯を手に取ると、そのまま固まった。結子が、ごくりと息を飲んだ音が、寝室に響いた気がした。

「……携帯触ったの?」

彼は振り返って訊ねる。「何で?」

ばれたときに何て言えばいいのか、夕香に腹を割って相談しておけば良かったと心底後悔した。正解が、さっぱり分からない。

「何で？」

もう一度強く言われて、確認したかったから、と弱々しく返事をする。

「何を？」

言葉が見つからず、黙り込む。隣の家から、夫婦の笑い声が聞こえてきて、言いようのない虚しさがジャンプするように胃から這い上がる。どうしてこうなったのだろう。どうしてあの二人のようにいかないのだろう。

「……浮気でもしてると思ったわけ？　俺がこんなに毎日、忙しく働いてるのに？」

深く溜息を吐《つ》き、沈黙が流れる。

「……まさかこんな風に裏切られると思わなかったよ」

夫が人を蔑《さげす》むような眼《め》をしたのを、初めて見た。恐ろしかった。けれど、相手が感情を抑えていないのを見ると、それに誘発されるように結子もまた、抑えていたものが洪水のように溢れ出た。

「……じゃない」

え？　と夫が訊き返す。

「だって、結婚してから、ずっと抱いてくれないじゃない」

責めてはいけないと頭では分かっていても、もうどうにも止まらなかった。

「こっちがさり気なく誘っても、今日は疲れてる、って言って背中を向けるばかりで、そのたびにどれだけ傷ついていたか知ってるの？　キスもしない、手も繋がない。用心深く私に触らないようにしているのが手に取るように分かるのよ。それで、何も疑わずにいろっていうほうが、無理な話じゃない！」

一思いに言い切ると、涙がこぼれた。泣くな、と思えば思うほど、止まらなくなる。

「それに、食事のことだってそう！　私が何か作ろうかって言ってるのに、お腹が空いてないとか！　それなのに会社では先輩の奥さんの手料理食べてるんでしょ？　知ってるんだよ？　奥さん、うちの店に来たの！　それで何て言われたと思う？　あなたが最近疲れてるから、いろいろしてあげてるんですけど、私も、気をつけてあげてくださいね、だって！　何それ？　何でそんなこと言われなきゃいけないの？　私は一体、あなたの何なの？」

涙で落とそうとしていると思われたくなかった。けれど、もし、泣くことで分かってもらえるなら、――触れてもらえるなら、それでも構わないと矛盾したことを願っている。

が、夫は視線を逸らして黙った。おかしい、と思う。お願いだから否定して、そして抱きしめて。

クローゼットから部屋着を出して着ると、夫は「ちょっと出てくる」と部屋を出た。

「ちょっと待って！　どこに行くの！」

結子が腕にしがみつくと、はっきりと、手を振り払われた。

「……悪いけど、今そういう言い争いする元気ない」

大袈裟な音を立てて閉まったドアの前に、結子は立ちつくした。いつの間にか、隣の家からは何も聞こえなくなっていたことに気づく。そんなに大きくない話し声が結子の耳に届いているのだから、今の騒動は絶対に彼らに聞こえているはずだった。こちらに遠慮して、話を止めてしまったのか、それとも聞き耳を立てているのか。

――いつまで待てばいいのだろう。結子はここのところずっと、待っていた。夫が家に帰ってくるのを待ち、触れてくれるのを待ち、子供ができるのを待っている。待っているということは、今はまだない、ということだ。まだ、充分ではない、ということだ。

結婚したら幸せになれると思っていた。贅沢ではないにしろ、夫と心地好い暮らしを築き、それを噛みしめる生活ができると思っていた。それなのに今、結子は、何ひとつ満足していない。何ひとつ、手に入れられていない。

――いつになったら、幸せになれるのだろう。

誰か答えを知っているなら、教えて欲しかった。もう、待つのは疲れた。

＊＊＊

下腹部に痛みを感じトイレに駆け込むと、案の定、生理が始まっていた。嬉しくて涙が滲んだ。――子供はできていない。

もともと生理周期がきちんと定まっていないから、春花は自分がいつ排卵しているのか正確には把握できていなかった。けれど、毎週土日のどちらかにアパートまで来て、光は必ず春花を抱いた。その日のどこかが排卵日と重なっていても、不思議ではなかった。

ポケットに入れておいた鎮痛剤を水も飲まずに飲み下すと、急いで職員室へと戻った。お昼寝の時間があと三十分で終わってしまう。それまでに連絡帳を書き終えなければいけない。

園の方針では、連絡帳は担任と副担任が半分ずつ受け持って書くことになっているはずだったけれど、ここ最近、美穂は全てを春花に任せている。寝かしつけを春花がやると収拾がつかないから、と言うけれど、それは一体、誰のせいだと怒りが募る。

　子供は、大人がやることをよく見ている。

　春花が前に出てお遊戯《ゆうぎ》をしているときに、美穂が「あんまりおもしろくないね」と子供に話しかければ、それは〈おもしろくない〉ことになるし、美穂が春花を馬鹿にすれば子供も馬鹿にする。無垢《むく》だからこそ大人が言うことをそのまま鵜呑《うの》みにし、頭ではなく、本能で、言うことを聞く相手とそうでない人ができる。しょうがない。全て大人が悪い。

　職員室へ戻ると美穂も自分のデスクのイスに座り、他のクラスの保育士と談笑していた。そんな暇があるなら手伝ってと思うけれど、言うつもりはない。言ったところでしょうがない。

「ミポリン先生、あの噂知ってます？」

　二歳児クラスの担任の先生が切り出す。

「あの噂って何？」

「夏紀ちゃんのお母さん、浮気してるんじゃないかって」

　思わず、ボールペンを握る手が止まった。

「え？　ほんとに？　そんな風に見えないけど」

「あ、それ、私も聞きました。最近、ずーっと携帯を握って放さないって。駐輪場のところで長々とメール打ってるって他のママたちが言ってましたよ」

「何か変わりましたもんね。前はずっとおどおどしてたのに、最近は妙に開き直ってるっていうか」

「そうそう。でも、それだけじゃないのよ。……決定的な証拠があるって」

顔をあげると、勿体《もったい》ぶって顔を寄せあう保育士たちの姿が視界に入った。

「駅前にタワーマンションがあるでしょ？　あそこに男の人と入っていくところを見た人がいるって」

えーっ！　と大袈裟に騒いでみせる彼女たちは、ファーストフード店で人目も憚らずに大声で話す若者よりも馬鹿馬鹿しく見えた。こんな人たちが保育をしているのだから、子供がまとまらなくても仕方がない。世も末だ、と思う。

けれど、彼女たちの世間話も聞き逃せないものがあった。もし、それが本当なら、子供にとってそんな裏切りはない。まして、夏紀は今、酷く落ち込んでいる。

あれは喜姫との揉めごとがあってから少し経ったときだっただろうか。保育園で飼っていたウサギが死んだ。それを最初に見つけたのが、夏紀だった。

「はるかせんせい、たすけて！」

夏紀がそう助けを求めてきたのも、美穂が苦手だという他に、四月から春花がウサギの世話係をしていると知っていたからだろう。実際、春花が掃除をしていると手伝いに来てくれることが何度もあったし、部屋が嫌になって園庭に出ているとき、大抵ウサギ小屋の前でじっとしていた。

夏紀に連れられてウサギ小屋へと急ぐと、三羽《わ》いたウサギが全て横たわっていた。見ただけで分かる。みんな死んでいた。

「せんせい、たすかる？　だいじょうぶ？」

そうすがるように言われたけれど、どうすることもできなかった。小屋の金網には歯型のような物がついていてボロボロになっていた。野犬か何かに襲われたのかもしれない。後でネットで調べて知ったけれど、ウサギはショックを受け耐えられなくなると、強いストレスにより、心臓が停止することもあるらしい。

夏紀には天国に行ってしまったのだと話したけれど、かなりショックだったようだ。心配だったから連絡帳にそのことを書こうとしたけれど、それも美穂に止められた。〈保育園で動物なんか飼うからだ〉とクレームが入ることを恐れたらしい。そして、春花はそれにも屈してしまった。

あれ以来、夏紀は部屋を抜け出すこともなくなったけれど、ずっと泣きそうな顔をしていることが気になっている。が、結局、何もできずにいる。

いつもより少し早い時間に千夏子が迎えにきたとき、自然と探るような視線で見てしまったのは、さっき聞いた話を思い出したからだった。右手には携帯がしっかりと握られていて、噂の一部は間違いないように思えた。

「なっちゃん、お迎えだよー！」

春花が声をかけると、ぱっと荷物を持って夏紀が部屋の入り口まで走ってきた。そして、「ママ、おしっこ」と抱きつく。

「もー、何で帰る前にいっとかないの!?　今日は忙しいって言ったでしょ？」

千夏子は感情のままに夏紀を怒り、荷物を廊下にある靴箱の上に置いてトイレへと急いだ。きっと赤ちゃん返りしているのだろうと春花は思う。お母さんに、自分だけを見て欲しいのだ。もう少し優しくしてあげたらいいのに。理不尽に怒りたくなるほど、忙しいのだろうか。

と、無防備に放り出された千夏子の携帯が視界に入り、――やってはいけないことが頭に浮かぶ。中を見て確認したい。

もし、嘘でも本当でも、春花にできることは何もなかった。まさか、浮気なんてダメですよと注意するわけにはいかない。けれど、ほとんど無意識だった。周囲を見渡し、誰も見ていないのを確認して、――携帯をエプロンのポケットに入れる。

トイレから戻ってきた千夏子は、荷物を持つと夏紀の手を引き門へと向かって走っていった。携帯がないことには、気づいていない様子だった。

家に帰って布団に寝転がると、携帯が鳴った。見なくても分かる。光からのメールが届いたのだった。

〈次の土日の予定はどうですか？　仕事だったら何時頃終わりますか？〉

一度、行事で土日の両方が出勤になり、会うのを断ろうとしてからというもの、仕事の後の予定まで取りつけられるようになった。そんなに無理しなくていいと伝えたら、

「でも、早く子供が欲しいでしょ」

そうまっすぐ返事をされて、怯んでしまった。鈍感さというのは、時に人を恐れさせる。

春花は何も考えずに〈土曜日なら六時に終わります〉と返信をし、鞄の中から千夏子の携帯を取り出した。

恋人の携帯をチェックしているような後ろめたさはなく、鑑識が証拠品を扱うような正当性を感じていた。ロックが掛かっていたらどうしようかと心配していたけれど、あっさり中を見ることができ、拍子抜《ひょうしぬ》けする。浮気でもしているならきちんと鍵

を掛けているだろう。やっぱり噂は嘘なのかもしれない。ほっとしながら指を動かす。

メールは夫かパート先からの連絡ばかりで、友人もあまりいない様子だった。浮気相手らしい人からの物は見当たらない。それとも浮気をしていたら、証拠が残らないように全て消すものだろうか？　データフォルダを開き、写真をチェックする。――と、見覚えがある画像が入っていた。一体、どこで見たのか。思い巡らせ、はっと気づく。春花が毎日覗いている掲示板で〈観察対象〉とされているブログの写真だった。

まさか、と思い、スクロールする。もしかしたら千夏子もあのブログの読者で、画像を保存しただけかもしれない。自分の携帯でブログを開き、データフォルダのそれと比べてみる。

……そこで気づいてしまった。

ブログに載っている写真は顔を隠す加工処理をしているけれど、千夏子の携帯にある写真は加工する前のものだ。少なくとも、ブログから引っ張ってきた画像ではない。

千夏子の携帯に登録されているブックマークを確認する。その中にある〈マイブログ〉と名前がつけられたサイトを開く。と、〈WELCOME HOME BABY

〜〜ほんわか我が家へようこそ☆〉の管理ページが現れた。

――間違いない。

あのブログの管理人は千夏子だ。そして、自分と自分の娘だと称して載せている写真は彼女と夏紀ではない。おおよそ、知り合いの写真を使っているのだろう。見栄《みえ》を張りたくなるのは分かる。加工されていないその写真の女性は、誰もが認めるだろう美人だった。だけど。

――あのブログには他にも嘘がある。

つい最近のことではない。もうずっと前。夏紀が生まれた瞬間から、もう四年もの間、千夏子は嘘をついている。

ブログを読んでいるだけでは、きっと気づかないだろう。千夏子と夏紀を知らないと、絶対に気づかない。でも知っていたら必ず気づくその嘘。あんまりだ、と春花は思う。子供にとってこんな裏切りは、あっていいわけがない。

――ブログを閉鎖に追い込んでやりたい。

怒りは時として、人間を動かす燃料になる。春花は自分の携帯で彼女のブログを開き、コメントを残した。

〈あなたは嘘をついてますね？　私、知ってますよ〉

千夏子がどういう反応を示すか見てやりたかった。

＊

「一緒に水泳教室の体験に行ってみない？」

柚季にそう電話で誘われたのは、日曜日の午後だった。

「あ、でも私、水着とか最近着てないし……」

スタイルの良い彼女と自分が並ぶことほど惨《みじ》めなことはない。断ろうと返事をした途端、柚季が、違う違う、と笑った。

「私たちじゃなくて、杏と夏紀ちゃん」

そう言われて、ああ、と千夏子も笑った。

「何か習いごとをさせたいなって思ってたんだけど、一人はちょっと不安だったの。だからもし良かったら、体験だけでも一緒に行ってみない？」

「うん、行ってみようかな。何曜日のいつからあるの？」

詳しいことを聞き、その場で行くと返事をして電話を切った。柚季との電話の後は、いつも気分が良い。それは彼女が美人でお金もあるのに、どこか自己評価が低く、千夏子のことを頼りにしているからだった。

「一人はちょっと不安だったの、ね」

柚季からお茶の誘いがあったり、こうやって頼られたりするたびに、自分の価値が上がる気がした。それはYUIの不幸話を聞くのに近い。いや、もっと気分が良いかもしれない。

事前にパートリーダーにお願いをして早くあがらせてもらい、金曜日、夏紀を保育園に迎えに行くと、教えてもらったスイミングスクールへ自転車を走らせた。梅雨明けもうそこまで来ていて、肌がジリジリと焼けるのが分かる。が、それも気持ちが良いと思うほど、気分が良かった。今朝、カテゴリランキングで十位に入った。四年ぶりのことだ。柚季様々だ、と思う。あのとき、卵の場所を教えて良かった。

駐輪場に自転車を停めていると、車から降りてきた柚季と杏が声をかけてきた。夏紀も杏を見るなり、嬉しそうに笑う。そんな風に愛想よくできるなら、保育園でも同じようにしてくれと腹が立つ。

「夏紀ちゃんって、水、怖がる？」

「怖がる怖がる。未《いま》だにシャンプーハット使わないと泣いて嫌がるよ」

「あ、本当に？　良かった〜〜、杏もなの」

受付でロッカールームの場所を聞いて着替えを済ませると、プールの入り口で待つコーチに二人を預ける。

「お母さんたちは、あちらの待合室で見学できますので」

プールに隣接する部屋へ移動する。中に入ると、五十メートルプールと平行するようにガラス窓が並んでいて、子供たちの様子をよく見ることができた。が、壁に〈写真撮影はお断りします〉という貼り紙がされているのを見て残念に思う。ブログに写真を貼ることができない。

窓際に並ぶ水色のベンチに座ると、塩素の懐かしい匂いがした。

「この匂いを嗅ぐと、夏が来たって思うわよね」

柚季はそう笑い、あ、そうだ、と声をあげた。

「千夏子さんも、夏紀ちゃんも〈夏〉っていう字が入ってるけど、やっぱり誕生日は夏なの？」

「うん、そうなの。

っていうか、実は誕生日も一緒なんだよね」

「え？　千夏子さんと夏紀ちゃん？」

そう、と頷く。柚季は、すごいすごいと、子供のようにはしゃいだけれど、千夏子の気持ちはずんと重くなる。当時、医師に告げられた出産予定日もまた、千夏子の誕生日だった。そのときは柚季のように、すごい、と喜んだ。ああ、やっぱり運命だ。

この子は自分のところに生まれてくるべくして生まれてきたのだ、と。――それなのに。やっぱり、初めて夏紀を見た瞬間の違和感は、拭えていない。

「あ、まずはああやって、プールサイドに座って足をつける練習をするんだね！」

柚季は我が子を見て、キラキラした視線を送っている。自分も〈杏のような子〉だったら、楽しく子育てができたのに、と思う。杏のような子なら。

「もしかして、今日、体験に来られた方ですか？」

待合室に入ってきた女性が、声をかけてきた。そうなんです、と柚季が応える。

「あー、良かったー。うちも今日からなんですー」

彼女は柚季の隣に腰を下ろした。

「そうなんですね。

私たちは水慣れクラスに来たんですけど、あなたは？」

「あ、うちもです！

良かったー。うちの子、本当に水が嫌いなんですけど、やっていけますかねえ？」

「うちの子も水嫌いだから通わせたいなって思ったんですよ。

ねえ、きっと大丈夫よねえ？」

柚季に振られて、うん、と笑い、女性の方を見た。……が、彼女は千夏子のことなど見ていない。視線は柚季にまっすぐ向かっている。途端に身動きが取れなくなる。

必要とされていない。会話が弾む二人の横でやることがなくて、仕方がなくプールに目をやる。楽しそうに笑っている杏の横で、夏紀が泣いているのが見えた。どうしてあの子は、何をやらせてもダメなのだろう。

「水慣れクラスに入るんですか〜〜？　うちは一ヵ月前から通ってるんですけど〜〜」

別のベンチで見ていた女性にまた、声をかけられたのは柚季だった。盛り上がる三人の横で、千夏子は平常心を保つのがやっとだった。

柚季の隣にいたからって、自分まで特別になるわけではない。輝いているのは柚季。その陰にいるのが千夏子だ。……こんな惨めなことがあるか。

「良かったら教室終わった後で、ちょっとだけお茶して帰りませんか？　隣にカフェがあって。そんなに高くないし、子供連れでもいい雰囲気で」

後から声をかけてきた女性がそう提案する。

「あ、行ってみたいな。

千夏子さんはどう？　時間ある？」

屈託のない瞳で訊ねられ、いたたまれない気分になる。柚季は本当に分からないのだろう。誘われているのは彼女で、千夏子ではない。

「ごめんなさい。

今日は夫が早く帰ってくる日だから」

当たり障りのない断りを入れて、千夏子はまた黙った。早くこの場から立ち去りたかった。

着替えを済ませると、カフェへと移動する彼女たちに別れを告げ、全速力で自転車を漕いだ。ほら、と思う。ほら、私がいなくたってカフェに行くじゃないか。自分なんて必要ないじゃないか。

柚季が入会を決めたとしても絶対に通わせないと決める。こんな惨めな思いは、もう、したくない。

結局、柚季は千夏子がいなくたって友達くらいいくらでも作れるのだ。それなのに何が「お友達ができて良かった」だ。「一人はちょっと不安だったの」だ。そんなこと、誰にだって言っているのだろう。ああ、騙された。馬鹿馬鹿しい、腹立たしい。目の前にそびえ立つタワーマンションが、忌々《いまいま》しく光る。どこにいたって視界に入るそれは、今やそこにあるだけで癪《しゃく》に障る。ブログの記事にした写真さえ、もう見たくない。

——魔法が解けたようだった。どんなに嘘で飾り立ててランキングを上げたところで、現実はそうではないと思い知る。ただ、惨めなだけじゃないか。

このまま家に帰っても、むしゃくしゃした気分は収まりそうになかった。と、公衆電話が視界に入る。子供じみていると思いつつ、その前に自転車を停め、夏紀に大人しく待つように言い、中に入る。

柚季の家の電話番号は、何も見ずに諳《そら》んじることができる。それくらい何度も、彼女が渡してくれたメモを眺めたから。

彼女のような人に必要とされたことが嬉しかった。価値があると言われた気がした。でも、もう違う。

十円玉を入れて、その番号を押す。相手が出ないことくらい分かっている。今、彼女は、新しいお友達と仲良くしている。

留守番電話に切り替わると、千夏子は受話器の縁を、コツ、コツと、五回叩いた。


――ダ、イ、キ、ラ、イ。


ガシャンとわざと大きく音を立てて、受話器を置く。大きく息を吸い、勢いよく吐く。ほんの少し、スッキリした。楽しんだ後に家に帰り、悪戯《いたずら》電話を聞いて少しでも嫌な気持ちになればいい。

ダメ押しに、鞄の中の携帯を探す。ＹＵＩからまたメッセージが届いているかもしれない。彼女はとうとう、夫の携帯を見ようとして、それがバレて大喧嘩《おおげんか》したと言っていた。また何か進展があったかもしれない。

——お願いだからもっと不幸になっていて。そうしたら自分は少しはマシだって思えるから。

すがるように、鞄をまさぐる。が、見つからない。そんなはずはない。焦って、鞄の中身を全て、床にぶちまける。——どこにもない。

スイミングスクールに落としたのか。もしかしたらロッカーの中に忘れたか。

「最悪！」

千夏子は公衆電話のドアを蹴飛《けと》ばし、叫んだ。

——ああ、もう、うまくいかない！　どれもこれも、全部、夏紀のせい！

戻るよ、と吐き捨て、自転車を漕ぎ出す。タワーマンションが自分を見下ろしているのが視界の隅に映っていた。

第四章

＊＊＊＊

電話が三回鳴り、取ろうとした瞬間に切れた。——まただ。高木柚季は小さく溜息をついた。

「パパからおでんわ〜〜？」

テーブルでお絵描きをしていた杏が、クレヨンを持ったまま駆け寄ってくる。

「ううん、途中で切れちゃった。間違い電話かな？」

「ええー、パパまだかえってこないのお？」

威勢よく頰を膨らませた杏だったが、すでに眠気は限界に達しているようだった。瞼はとろんと落ち、口はへの字に曲がっている。

「お仕事が忙しいんだって、パパ、朝に言ってたでしょう？　あのね。パパが毎日、夜遅くまで働いてくれるから、ご飯も食べられるし、プールにも行けるんだよ。だから杏も、お休みの日まで我慢しようね」

柚季がゆっくり言い聞かせると、分かった、と頷く。

「じゃあ、また、かたたたきしてあげるね！」

小鼻を膨らませて胸を張る娘を見て、思わず笑う。この間の休みに杏の〈かたたたき券〉を使った夫の幸次郎《こうじろう》は、その〈張り切りすぎた〉娘の拳《こぶし》で肩を痛め、数日湿布を貼って通勤した。「杏は力が強いなあ～～」と褒めたばっかりに、もっとできるよ、と更に力を込めたのだった。が、可愛い娘がしてくれるという厚意を断ることはできないだろうと容易に想像がついた。

ダウン寸前の杏を抱いて、子供部屋へ連れていく。引っ越してきた際に一番力を入れたのが、娘の部屋だった。このマンションは借り物だから真っ白な壁紙はそのままにするしかなかったけれど、その代わりに、ウォールステッカーを使って思い切り娘好みの部屋を演出した。

ベッドの横の壁一面に広がる木々の周りを、鮮やかな色の鳥たちが自由に飛び回っている。梢《こずえ》で談笑するリス。ウサギたちは森を駆けまわり、その中の一羽は遊び疲れ、丸くなって眠っている。杏がベッドで眠ったときに壁側を向くと、ちょうど頭をあわせて眠るようになる。杏は動物が大好きだったが、その中でもウサギが一番好きだった。夜、ふと目を覚ましても安心できるように。そう願いを込めて、ステッカーを貼った。

壁に生きる動物全てに、杏は名前をつけた。何度教えられても覚えられない夫は、時々娘から、抜き打ちクイズを出されている。今度こそ、とメモを持ち歩いて覚えようとしている彼は、良い父親だった。が、五年後、この家から引っ越さなければいけない日のことを考えると少し切なくなる。ステッカーは全て綺麗《きれい》に剥《は》がして返すつもりだし、もしそのままにしておいてくれと言われても、お別れをしなければいけないことに変わりはない。それとも九歳にもなれば、彼らを必要としなくなっているだろうか。

杏と一緒にベッドの中に潜り込むと、ささくれ立っていた神経がいくらか落ち着いた。人は狭く暗い場所のほうが、時には安心することがあるのだと思う。それはきっと、母親のお腹にいたときの記憶がどこかに残っているからではないかと考えていた。

「ママ、えほんよんで」

ベッドに入った途端に目が覚めるのはどこの家でも一緒だろうか。柚季は、何の本がいい？　と訊ねる。

「ツインズバニーちゃんのえほん！」

思った通りの返事に微笑み、ベッドサイドにある本棚から一冊絵本を抜き取る。ツインズバニーは双子のウサギのキャラクターで、姉がウミミ、弟がソララといった。杏はこのウサギのシリーズが大好きだった。二人でお菓子を作ったり、編み物をしたり、あるときには森に冒険に行ったり……。プール教室に通いたいと言い出したのも、ウミミとソララが海水浴に行ったのを読んだからだった。ちょうど手に取ったのが〈ウミミとソララ、かいすいよくへいく〉で、収まったはずの胸騒ぎが静かにぶり返してきた。楽しみにしている娘の視線を感じ、今更棚に戻すことはできなかった。腹をくくってベッドに腰を据える。

「むかし、あるところに、二ひきのウサギがいました。なまえはウミミとソララ。ふたごのウサギです」

お決まりのフレーズを読み始めると、杏は柚季の腕の中で、うっとりとその挿絵を見つめた。ウミミとソララは揃いのボーダーの水着を着ている。新しく購入した杏の水着もお揃いだ。駄目だ。考えないようにしても、さっきの電話が気になる。ここ数週間、ああいう、誰からかかってきたのか分からない電話に悩まされている。何か言われるわけではない。出ようとした瞬間に切れたり、出ても何も喋らずに切れたり。悪戯電話とも断定できない、四日に一度程度のそれらを、ここまで怖がるのはおかしいのかもしれない。けれど、どうしても考えてしまうのだ。

——もしかしたら〈彼女〉に、電話番号を知られたのかもしれない、と。

「ママ」

絵本を読んでいる途中で杏が言葉を遮《さえぎ》るのは珍しい。どうしたの？　と顔を覗き込む。

「なっちゃん、どうしてプールこないの？」

今まさに、柚季もそのことを考えていた。体験教室の翌日、入会するかどうか相談しようと千夏子に電話をかけた。杏は絶対に入りたいとやる気満々だったし、最初こそ水を怖がっていた夏紀も、最終的には顔を水につけられるようになっていた。一緒にカフェに行った人たちもみんな良い人で、――それぞれ子育てに悩みを抱えていて、でもそれにまっすぐ向きあっていて、好感が持てた。この人たちになら、〈あのこと〉を打ち明けてもいいかもしれない。そう思えた。

杏もまた、新しいお友達ができて嬉しそうだった。が、一番のお友達はあくまで〈夏紀〉に変わりない。だから、千夏子が入会しないと言ったとき、残念でならなかった。彼女は、毎回パートを早くあがれるか分からないから、と申し訳なさそうにしていたけれど、その後、何度誘っても家に遊びに来てくれなくなった。そしてそのたびに、もしかしたら、と思う。――もしかしたら〈彼女〉が、何か悪い噂を、千夏子に流したんじゃないか。だから柚季と杏を避けているんじゃないか、と。思い起こせば、一番最初におかしな電話があったのは、体験教室のあとだった。楽しい気分で帰り、留守電を再生すると、――何かを主張するような、コツコツと受話器を叩く音だけが聞こえて、切れた。

――ニ、ゲ、ル、ナ、ヨ。

足元から冷たい手が伸び、絡みついたかと思うと、そのまま一気に床下へと引きずり降ろされるような恐怖に襲われた。〈彼女〉が、そこまで来ているのかもしれない。でも、どうして？　どうしてここにいると分かったのだろう。

「なっちゃんとあそびたい。また、ウサギのいえにいこうよ」

杏は両腕をまわして首にまきつき、頭をぐりぐりと柚季の頬に押しつけてきた。眠くなってきている証拠だ。背中をポンポンとゆっくり叩く。

「それはダメだよ。なっちゃんが先生に怒られちゃうよ？　かわいそうでしょう？」

杏は唇を尖《とが》らせ、でも、頷いた。きちんと話せば分かる。眉尻を下げた娘に、また遊べるよ、と言い聞かせる。

ウサギのいえ、というのは、夏紀が通う保育園のウサギ小屋のことだった。引っ越してきてから杏と散歩をしている途中で、偶然見つけたのだった。本物のウサギを間近に見るのは杏にとって初めてで、保育園の周りをうろうろするのはあまりよくないかもしれないと思いつつ、ほんの少しだけ、と、フェンス越しに観察させてもらっていた。

みんな室内にいて、誰も園庭にいないときだけと決め、ウサギを見ていたのだけれど、ある日、一人の園児が外に出てきて、近寄ってきた。それが、夏紀だった。

「あのね、ウサギはびっくりすると死んじゃうの。

だからね、驚かせたらいけないんだよ。そっと見なきゃいけないの」

ゆっくりと、でもはっきりした口調で夏紀は言った。杏がウサギにかまって欲しくてフェンスを叩いたから注意しているのだと、柚季はすぐに分かった。

「ごめんね、知らなかったの。教えてくれてありがとう。ウサギ、好きなの？」

謝ってそう訊ねると、夏紀は少し驚いたような表情で頷いた。

「アンもウサギさんすきなの！　いっしょだね！

ねえ、ウサギさんにさわったことある？　ふわふわなの？」

物知りな子供だと尊敬したのか、杏はしきりに夏紀に声をかけた。夏紀も最初こそ戸惑っていたけれど、いろんなことを教えてくれた。それ以来、散歩のたびにウサギ小屋へと寄った。夏紀がいるときもあったし、いないときもあったけれど、新しいお友達ができて嬉しそうな杏を見て、柚季も嬉しかった。そして思った。——あの子は、どこの子なんだろう、と。

　保育園に入れば知り合う機会もあるかもしれないが、杏が小学校に上がり、一人で留守番ができる歳になるまでは、働きには出ないと決めていた。

　そんなとき、スーパーの駐輪場で、夏紀とその母親の姿を見かけた。声をかけてみようか、と不意に思ったけれど、できなかった。何て言えばいいのか分からなかった。保育園のウサギ小屋でなっちゃんとは仲良くなって？　不審すぎる、と頭を横に振る。〈彼女〉とのことがあってから、何を言ったら相手がどう思うかということを、必要以上に考えるようになってしまっている。それに、夏紀が良い子だからといって、その親が良い人だとは限らない。

が、そんなとき、思いがけず、スーパーで千夏子から話しかけられた。

——あの、卵、探してますか？

少し、緊張した面持ちだった。押しつけがましくなく、さり気ないその厚意が嬉しかった。そして、決めたのだ。一歩踏み出してみよう。声をかけてみよう、と。

だから、急な誘いに千夏子がのってくれて本当に嬉しかった。ただ一点、気になっているのは、夏紀と杏は以前から仲良くさせてもらっていたことを話せていないことだった。千夏子に連れられて遊びに来た夏紀は、柚季と杏を見て驚いていた。自分が遊びに来た家が二人の家だと知らなかったのだから当然だ。だけど、千夏子がお手洗いへ立ったとき、夏紀はこっそり柚季に打ち明けた。——お願いだから、ウサギ小屋で一緒に遊んでいたことを言わないで。バレたら怒られるから、と。絶対に言わないと指切りまでしたのだから、夏紀を裏切るわけにはいかなかった。

何となくだけれど、夏紀が保育園でうまくいっていないんじゃないかという気はしていた。ウサギ小屋の前で話していたとき、何度か、園の女の子が夏紀を追いかけてきたことがある。「みんなとお絵かきするじかんだよ！」とはっきりした口調で話すその子は、杏と違ってかなりませている雰囲気がした。そしてその子は言ったのだ。


――ミポリンせんせいに、きらわれるよ！


〈怒られる〉なら分かる。でも、〈嫌われる〉というのは少し、違和感があった。

それからだった。なるべく保育園の周囲に行かなくなったのは。柚季たちのせいで夏紀が先生に怒られてはかわいそうだった。それに――。

夏紀は家に遊びに来たとき、千夏子と杏にも隠れてこっそり耳打ちをしてきたのだった。「ウサギが死んじゃったから、ぜったいにこないで？　アンちゃんがないちゃうから」と。

どこまでも優しい子だった。自分も悲しいはずなのに、杏のことを心配して、気を使ってくれている。こんな子と友達だったら、きっと杏もまっすぐに育ってくれると安心できた。

が、今はやっぱり、どう考えても千夏子に避けられている。〈彼女〉のせいだと決めるのは早急すぎるのかもしれない。でも、それ以外考えられない。

ぐっ、と腕が重くなり、杏の顔を見ると、夢の中に入ったところだった。話の途中だった絵本を閉じ、起こさないようにそっと腕を抜く。おでこに張りついた前髪をそっと梳《す》き、娘の寝顔を見つめる。幸せだ、と溜息が出る。こんなに幸せなことは他にない。この幸せを守るためになら、何だってする。

ベッドサイドに置いてあるキノコのランプをつけ、部屋の明かりを消して外に出る。ホテルの客室のような廊下に、まだ違和感を感じる。引っ越してきて四ヵ月経つけれど、まだ慣れない。ここは柚季たちには高級すぎた。

リビングに戻ると、窓からの風景が見えないように、きっちりとカーテンを引いた。地に足が着いていない景色は、どうにも居心地が悪かった。ぐらぐらと足元が揺れているようで、いつか、真《ま》っ逆《さか》さまに落ちてしまう不安にかられる。

引っ越してきた日に、夫にそう告げると、俺も、と笑った。俺たち金持ちにはなれそうにないな、とも。

「でもさ、兄貴たちが転勤中の五年間だけだし。

とてもじゃないけど俺の給料だったら、このマンションの、この階には住めないよ。

何ごとも、経験、経験」

そう笑う夫に自虐的な雰囲気は含まれていなくて、お兄さんのことをきちんと尊敬しているんだなと好ましく思った。それに、高層階ということを除けば、この家に格安で住まわせてもらえることは有り難いことだった。「五年間も空き家にしておきたくないけど、かといって知らない人に貸したくない」と義兄は言っていた。それは嘘ではないだろう。けれど、〈彼女〉とのことがあった柚季に気を使ってくれた提案だったのだとも思う。住み慣れたあの場所からどうしても逃げたかった。その点、このマンションはうってつけだった。オートロックでコンシェルジュまでいて、セキュリティーは万全だ。

義兄が置いて行った冷蔵庫から麦茶のボトルを取り出し、コップに注ぐ。大きな冷蔵庫だ、と何度見ても思う。前の家で使っていたのは、夫が一人暮らしをしていたときからの年代物だった。工夫して使わなければいけなかったし、柚季が買い出しに行った日に夫がお土産にケーキを買ってきたときには、パズルのようにして使っていたけれど——そんな日々こそが宝物だった。引っ越すときに処分してきたから、あの冷蔵庫はもうこの世にはないのだ。そう考えると切なくなり、ぶるっと身震いする。

処分してきたのは冷蔵庫だけではなかった。洗濯機も掃除機も、折り畳みベッドも全部。夫の通勤時間は一時間も伸びてしまったし、通っていた公園も、行きつけの美容院からも遠くなった。

　それでも手に入れたかった〈安心〉。そして〈考える時間〉。――それが、脅かされそうになっているのだろうか。

「ただいま」

　不意に声をかけられて驚き、麦茶を床にまき散らしてしまった。

「……びっくりした」

　夫は笑って、ティッシュを差し出した。「帰ってきたの分からなかった？」

「全然分からなかった。

　やっぱりこの家は広すぎるね」

　二人で床に広がった茶色の水溜まりを拭きながら笑う。

「杏は？」

「残念。

　がんばってたけど、ついさっき寝たわ」

　そうかー、と伸びをしながらソファに倒れこむ。義姉の最近の趣味だという北欧家具は、この広い部屋で唯一、柚季たちに親しみやすさを演出してくれていた。これがもし、バブリーなインテリアだったら――、例えば玄関に入った途端にペルシャ絨毯《じゅうたん》が出迎え、黒レザーのロールアームのソファがリビングに鎮座《ちんざ》していたら――、くつろぐどころか、正座して過ごさなければいけなかった。

「で、今日はちゃんと外に出たの？」

夫に問われ、もちろん、と胸を張る。

タワーマンションのデメリットは、外に出るまでにどうしたって時間がかかることだった。それでなくても人に会うのは勇気がいるのに――。ここへ越してくる前、一日のほとんどを家の中で過ごしていた日々を、夫は今でも覚えていて気にかけてくれている。だからこそ、まだ、言えなかった。――最近かかってくる電話のことを。不確かなことを話して、余計な心配をかけたくない。

「えらい、えらい」

夫はそう言って、両腕を広げた。柚季は彼の隣に座り、胸の中に顔を埋《うず》めた。子供を褒めるようにわざとらしく頭を撫でる夫の手は、いつだって頼もしい。――前言撤回。もし今座っているのが仰々しいロールアームのソファでも、彼がいてくれればそれだけで安心できる。

杏にとってもそうであって欲しい。

何か辛いことがあっても、〈お父さん〉と〈お母さん〉の顔を思い浮かべるだけで、とりあえず家まで歩いて帰る勇気が持てる。そんな存在でいよう。絶対に杏を幸せにする。

あの日決意したことを、柚季はもう一度、自分の中で繰り返す。

＊

携帯が震える音で目が覚めた。

隣で眠る夫の信二を横目で確認すると、昨晩ベッドに入ったままの格好で静かに寝息を立てていた。千夏子は携帯を持って寝室を出た。リビングのソファに座り、ブログについたコメントを確認する。三十二件。そのほとんどが、悪意に満ちたものだった。

「……誰なのよ」

一括して削除したい気持ちをぐっと抑えて、ひとつずつ目を通していく。ここ三週間ほど、なくなった携帯が戻ってきてから、不快なコメントがつくようになっていた。ただ単純に、千夏子を妬んだ読者からのコメントとは思えなかった。

散々探しまわった翌日の夜、携帯はアパートの郵便受けで発見された。ピザのチラシの陰にあったそれを見つけたとき、心底ほっとした。けれど次の瞬間、疑問と恐怖が湧いてきた。一体、誰がここへ入れたのか？

千夏子が落としたのを誰かが拾い、届けてくれたのかもしれない。が、その拾った人はどうして千夏子の物だと思ったのか。そして住所を知っていたのか？　携帯を見れば名前は分かるかもしれないが、住所は分からないはずだ。千夏子の知り合いだったのだろうか？　じゃあ、どうしてその人は直接家まで届けず、郵便受けに入れたのだろう。

——自分が拾ったことを、知られたくなかったんじゃないか。それは、なぜ？

その疑問に対する答えはあまり良いことを想像できなかった。

千夏子はその場で、着信履歴やメール、通話記録などを調べた。とりあえず誰かが悪用したような形跡は見られなくて安心する。そして、一晩開けなかったブログを見ると、——コメントがついていた。

〈あなたは嘘をついてますね？　私、知ってますよ〉

思わずあたりを見回し、慌てて家へと逃げ帰った。——どうしてバレたのか。今まで書いた記事を読み直したけれど、何の違和感もなかった。柚季の家で撮った写真だって、それが千夏子の家ではないことがブログを読むだけで分かるはずがない。が、分かる人がいると、はたと気づく。あまりに簡単なことだった。

——携帯を郵便受けに入れたのは、柚季なんじゃないか。

そう考えれば全ての辻褄《つじつま》が合った。スイミングスクールで柚季はきっと、千夏子が落とした携帯を拾ったのだ。いや、もしかしたら鞄の中から取ったのかもしれない。なぜ？　きっと、ネットで見てしまったのだ。自分の写真がブログに使われていることを。それを撮ったのは千夏子だとすぐに分かったはずだ。彼女には写真をプリントアウトして渡していた。彼女は千夏子がブログを書いている決定的な証拠が欲しかったに違いない。そこで、携帯を盗み、確認した。疚しいことがあったからこそ、彼女は直接返しに来なかった。ただ拾っただけなら、直接家まで持ってきたらいいのだ。それに、家の電話番号だって、教えてある。すぐに来られないなら、連絡だけくれてもいい。

最初からもっと疑うべきだったのだ。友達になりたいと彼女から声をかけてくること自体が胡散臭《うさんくさ》い。自分にそれほどの価値があるとは思えなかった。何か裏があるに違いない。携帯を持っていないというのも、怪しいものだった。いまどき、そんな人がいるだろうか。本当は持っていて、嘘をついているのだとしか思えない。

直接文句を言ってくるでもなく、ブログにコメントを入れるだけの柚季に、恐怖を感じていた。意味ありげなコメントを書く一方で、今まで通り電話をしてきては、

「水泳教室どうする?」「今度はいつお茶にこれる?」と平然と誘ってくる。会えるわけがなかった。会ったらきっと、問い詰められる。

書き込まれたコメントは、すぐにブログに表示されるようにしていたため、携帯が千夏子のもとに戻ってきたときには、〈嘘って何ですか?〉〈不妊治療のことですか?〉などと、読者からも不審の声があがっていた。それからは承認するまでコメントが表示されないように設定をし直したけれど、不快なコメントは毎日増えていっている。

〈母親失格ですね〉
〈もっと子供のことを見てあげたらどうですか?〉
〈子供までブログネタですか?〉

ひとつひとつ読んでは削除していく。何か手がかりが欲しかった。それを書き込んでいるのが、柚季ではないという証拠が。

よく考えてみたら、〈嘘をついている〉なんて、はったりで誰でも書けることなのだ。ランキングが上がっている千夏子を怖がらせたくて、別のブロガーが嫌がらせに書き込んだのかもしれない。が、柚季ではないと言い切ることもできない。一体どっちなのか。頭がおかしくなりそうだった。

千夏子の前の柚季と、本当の彼女は、全く違う顔をしているんじゃないか。――全てが疑わしくてしょうがない。

その尻尾を摑みたくて、何度か公衆電話から電話をかけた。相手が誰か分からないとき、一体彼女は、どんな声で、どんな言葉で対応するのだろう。が、受話器から聞こえる彼女の声は、千夏子の前で話すそれと何ら変わりのない、優しい声だった。

いっそのこと、ブログを削除してしまうことも考えた。が、そこにはＹＵＩがいる。今の千夏子にとって、ＹＵＩの不幸こそが幸せだった。彼女と繫がる場所をなくしてしまうわけにはいかない。

「何してんの」

後ろから声をかけられて、思わず携帯を伏せる。夫は怪訝《けげん》そうに千夏子を見下ろした。

「友達からメールが来てて」

「……最近、携帯ばっかりいじりすぎじゃないのか？」

「ちょっと新しい友達ができたから。ほら、この間話したでしょう？　柚季さんって人。最近引っ越してきて、友達がいないんだって」

矢継ぎ早に言い訳をすると、夫はふうん、と興味なさそうに呟いた。

「何でもいいけどさ、今日親父のお祝いなんだから。遅れないようにしろよ。お袋うるさいの分かってるだろ」

「うん。分かった。ごめんね」

夫が洗面所へ行くのを目で追って、コメントの続きを消していった。全て消したからといって、なかったことにできるわけではない。が、そうせずにはいられなかった。


千夏子が予約しておいた料亭を、義父は「安っぽい店」と皮肉を言った。

「もっと違う店あっただろ。お前、仕事で使ったりしないわけ？」

義兄の信一が、夫に訊ねた。

「千夏子が予約したから」

「だから、お前が予約すれば良かったって言ってんだろ。本当に気が利かないね、お前は」

「でも信二は仕事が忙しいのよ。もっと、千夏子さんがしっかりしてくれないと。ねえ、信二？」

義母は夏紀を膝にのせてご機嫌だった。義姉は夏風邪をこじらせたから来れなくなったと義兄が説明した。この空間で血が繋がっていないのは、千夏子だけだった。

愛想笑いをしながら、千夏子は海老《えび》のてんぷらを齧った。さくっと衣に歯を立てると、身の厚い海老にあたる。美味しいじゃないか。これのどこが安っぽいのか。一人分の食事代で、千夏子の一日分のパート代を大きく上回る。

「これ、親父にって。綾子《あやこ》から預かってきた」

義兄は紙袋を義父に渡した。お、と受け取り、包みを開ける彼は、かろうじて喜んでいると分かる程度に、口角が上がっていた。

「ロレックスか」

「一応、古希だから紫の文字盤ね。そういう縁起みたいなのにうるさいのよ、綾子は。

希少な物らしくて、結構いろいろ探しまわったらしいよ」

「本当に綾子さんは気が利くわねー。

千夏子さんも、もう少し、嫁としての自覚を持ってくれないと。ね？」

すいません、と頭を下げながら、結局お金か、と不満が募る。義姉は絶対に、親戚の集まりに顔を出さない。その代わりにいつも、高価なお土産を義兄に持たせる。彼女が顔を出したくない理由は分かっていた。義兄と義姉の間には、子供がいなかった。

あれは、夏紀が生まれて一ヵ月が経ったときだった。里帰り出産をしていた千夏子を信二が迎えにきて、そのまま夫の実家へ帰った。夏休みで義理の兄夫婦が帰ってきているから、顔を出すように言われたのだった。いつだって千夏子はよそ者で、できの悪い嫁だと言われていたから、なるべく会いたくはなかった。

が、あのとき、気難しい義父は夏紀を抱いて笑ったのだ。

——ようやく初孫を抱けたよ。ありがとう。

あのとき隣にいた義姉の顔を思い出すたびに、胸の奥がすっとする。閉めきった古い家屋の窓を数年ぶりに開けた途端、すがすがしい風が吹き抜けたような、そんな爽《そう》快《かい》感があった。初めて出し抜いてやったのだ。

夫の家族とは、結婚式の準備をしているときから、ありとあらゆることで揉めていた。会場選びに、招待客の数やバランス、引き出物選びに、千夏子が着るウエディングドレス——。全てに口を出し、何かにつけて文句を言った。式のお金を出すのはうちなのだから、というのが彼らの口癖《くちぐせ》だった。それなら出してくれなくていいとは言えなかった。信二の貯金は結婚式を挙げたら飛んで行ってしまう程度にしかなかったし、それは千夏子も一緒だった。それに、今まで自分がご祝儀を包んできた友人たちと同等の式をしたかった。人生でたった一度きりのことなのだから——。

とはいえ、式には何ひとつ、良い思い出がない。

あれはウエディングドレスに身を包んだ千夏子が、両家の親族の前に初めて姿を見せたときだった。一番着たかったドレスは義母に却下され、彼女に選ばれた物だったけれど、それでも着てみるとやはり嬉しかった。今日だけは自分が主役。

「なんだ。馬子《まご》にも衣裳《いしょう》とも言えないな！」

新郎側の親族が、そう野次を飛ばした。途端にくすくすと笑い声は広がり、千夏子は赤面した。その場が盛り上がったと勘違いした親族は、更に調子に乗った。

「信一の嫁さんなんか、ウエディングドレスを着てなくても、花嫁さんみたいに綺麗だぞ」

涼しい顔で、そんなことないですよ、可愛らしいじゃないですか、とフォローするようなことを言う義姉が、千夏子はそのときから大嫌いだった。かわいそうな花嫁を庇《かば》ってあげる優しい義姉。その役を嬉々《きき》として演じていた彼女を思い出すたびに、鬱々《うつうつ》とした気分になる。

が、彼女にはできなかったことを千夏子はしたのだ。初孫を、榎本家に産んだ。あんなに喜んでいたのだから、もっと私のことを大事にしてくれてもいいのに、と不満に思う。

義母は「そうだ」と思い出したように隣に置いてあった紙袋を持ち出した。

「なっちゃん、これ。お誕生日プレゼント〜〜！」

夏紀は驚いたように目を瞬《またた》き、ありがとう、と受け取った。開けてあげるわね、と義母が中身を取り出す。前から欲しがっていた絵本のセットだった。

「すいません、ありがとうございます」

千夏子はお礼を言い、夏紀の頭を下げさせた。

「あら、いいのよ。ずっと欲しいって、なっちゃん言ってたもんね～～」

義母と視線をあわせて笑う夏紀を見ていると、苛立ちが募った。

――私が産んでやったから、あんたはここにいるのに。どうして私は蔑《ないがし》ろにされなきゃいけないの？　私も、あんたと同じ誕生日なのに。

「すいません、ちょっとお手洗いに」

余計なことを口走る前に、席を立つ。ちらりと振り返ると、自分が抜けた残りの人たちこそが本当の家族のように見えた。自分は間違えて、別の家族に交ざってしまっていただけなのではないか。みにくいアヒルの子のように。

トイレの個室に入ると、無意識のうちに携帯を手にしていた。誹謗《ひぼう》中傷のコメントを消すのは一種のルーティン作業のようになっている。が、新しくついたコメントに驚き、それがはったりではなかったと確信してしまう。少なくとも、ネットの世界ではなく、現実の世界で千夏子のことを知っている人だった。

〈あなたの娘って、本当は――ですよね？〉

もう終わりだ、と千夏子は悟った。

迷うことなく全ての記事を削除し、ブログを退会する。七年分の記事は、あっという間に消え去った。が、最初からなかったことになるだろうか？

お願いだから、これで許して。柚季の顔を思い浮かべると、なぜか義姉の顔に重なった。そして思い知らされる。自分は柚季や義姉のようになりたい、だからこんなにも気になって気になって仕方がないのだ、と。彼女たちのように、容姿が整っていて、お金があって、誰からも好かれる人間だったら——。そうしたらこんな風にネットに依存して、嘘をつくことだってなかった。彼女たちのことが、心の底から羨ましくて羨ましくて仕方がない。

あなたたちは私が持っていないものを持っているんだから、私が少しくらい悪いことをしたって見逃してよ。

——それは、都合の良い話だろうか。

＊＊＊

「何か、また保育園の前に変な車が停まってたみたいですよー？」

隣の部屋の先生が、美穂を訪ねて三歳児クラスを覗いた。

「また？」

美穂は眉をひそめた。

「さっきお迎えにきたお母さんが見たって言ってました。門の前をゆっくり徐行したり、止まったりして、中を覗いてたって」

「車、白かったって言ってたっけ？」

「いや、今日はシルバーだったって言ってましたけど……」

「何がしたいんだろうね、気持ち悪い」

春花はおやつの片づけをしながら、聞き耳を立てた。ここ数日、保護者から同じような声があがっている。戦々恐々とする中、春花だけはその犯人が、〈なぜ〉出没するようになったかは分かっていた。が、怯《おび》えていることに変わりはなかった。――その理由は彼女たちとは少し違ったが。

あの日、園にある住所録で千夏子の家を調べ、仕事の帰りに彼女の携帯を返しに行った。

郵便受けに入れる前に、携帯の指紋を念のために拭いた。何か悪いことをしたという実感があったわけではない。スパイごっこでもしているような気分で、鼻歌交じりだった。

千夏子のブログに嘘をついていると告発するようなコメントを書き込むと、ママブログを叩く掲示板で話題になった。リアルの知り合いからの密告なんじゃないか、嘘とは一体何なのかと、推理合戦が始まった。それまでただ傍観して笑っていた彼らは、ブログのコメント欄を荒らすようになっていき、――それを見ていると〈正義〉に導くヒーローにでもなった気がした。悪いやつには天罰が下るのだ。それでもコメントを承認制にしただけで、閉鎖しない千夏子に苛立った。どこまで図太いのだ、と。そして奥の手を書き込んだのだった。

〈あなたの娘って、本当は――ですよね？〉

そのコメントを書き込んですぐに、ブログは閉鎖された。少しは反省したのだ、と胸がすっとした。満足だった。

が、掲示板は、春花が意図しない方向へと突き進んでいった。

ブログの嘘を解明しようと躍起になった彼らは、保存していた記事や写真を探偵のごとく調べあげ、――ひとつの事実を導き出した。

〈新しく引っ越したっていうマンション、N市なんじゃね？　写真に写ってるこれって、N市役所だよね？〉

リビングの窓から撮った、一枚の風景だった。

春花が見たときは気づかなかったけれど、確かにモダンな洋風の建物が見えた。時計台を持つその庁舎は市役所としては珍しいデザインで、見る人が見るとすぐに分かるらしい。


〈あ、絶対そうだわ。

拡大してみたけど、ビンゴ。

N市役所のホームページに載ってた画像と瓜二つ〉

書き込みと共に、比較画像があげられる。称賛の声と共に、マンション特定も、と騒ぎが大きくなっていく。建物の位置関係。太陽が見える角度。そして街並みを見下ろすことができる高層マンション。

そこまで来ると掲示板はお祭り騒ぎだった。

あっという間にマンションは特定された。が、それは千夏子のマンションではない。彼女が自分だと偽ってブログにあげた、あの美しい親子が住んでいるのだろう。が、ネットの人たちはそんなことを知るよしもない。

そしてそこから通える範囲の幼稚園や保育園も名前があげられていった。もちろん、春花が勤めている保育園も候補にあがる。名前も特定したいと騒ぎ出す者までいて、――一体、何の権利があってこんなことをしているんだ、と怒りが湧いた。が、はたと気づく。ついさっきまでは、自分も正義を振りかざして、ブログにコメントを書いていたんじゃないか。自分もこんなに醜かったのか。これでは井戸端《いどばた》会議でママ友の悪口を言っている保護者より、もっと酷いじゃないか。

保育園の周りで不審な車を見かけるようになったのも、この頃からだった。園のフェンスには〈不審者を見かけたらご一報ください〉と貼り紙をしている。自分のせいだ、と思う。自分の悪意のせいだ。

「はるかせんせい？」

声をかけられ、はっと我に返る。春花のエプロンを握って、夏紀がこちらを見上げていた。

「だいじょうぶ？　おなかいたいの？」

「ううん、大丈夫。……ごめんね」

守ってあげなきゃいけないのに、こんなことをして、本当にごめんね。

春花が頭を撫でると、夏紀は泣きそうな顔をして言った。

「せんせいも、いなくならないでね」

＊＊

ギシッ、とベッドが小さな悲鳴をあげた。夫の創が起き上がり、ベッドから抜け出す気配がする。結子は眠ったふりを続け、寝室の扉が閉まる音を聞いた。さっきまで夫が横たわっていた方へ寝返りをうち、目を開ける。――夫の枕がないことを確認すると、壊れたように涙がこぼれた。夫はまた、リビングで眠るのだ。

携帯で確認すると、まだ深夜の十二時だった。ベッドに入ってから三十分しか経っていない。そんな短い間しか自分の隣にいられないのだと知ると、言いようのない悲しみが喉元にあがってくる。嗚咽《おえつ》を堪えると、ぐっと喉が鳴った。顔をくしゃくしゃに歪めて堪えようとしてもなお、悲しみが迫りあがってくる。

あの夜、頭を冷やしたと帰ってきた夫は、普段通りに戻っている気がしていた。結子はほっとして、それ以上、何かを追及するのを止めることにした。真実を知り、二人の間が壊れるのが怖かった。要するにケンカそのものをなかったことにすることにしたのだ。

けれど、全てが元通りというわけではなかった。

あれから夫は、家に帰ってきた日はいつも、深夜にこっそりベッドを抜け出し、リビングで寝るようになっていた。最初からソファで眠るよりはいいのかもしれないと、自分を納得させようとした。けれど、一緒に眠ろうと努力しても、結子の側では本当に眠れないのかもしれない。そう思うと、このまま夜の底に消えてしまいたくなる。

自分の何が、夫をそこまで遠ざけているのか分からない。

結婚してこの家に来るまでは、本当に仲が良かったのだ。夫の携帯を盗み見ようとしたことは悪かったと自分でも分かる。それが鬱陶しいということも、重々承知だった。が、その前に、夫婦のことがなくなってしまったことは、本当になぜだか分からなかった。

泣きすぎて酸欠になり、頭が痛む。携帯を手に取ると、その光が目に刺さった。たとえ画面が良く見えなくても、恩人のブログを開くことができるほど、それは習慣化されていた。が――。

〈このブログは削除されたか、ＵＲＬが違うため表示できません〉

その眩しい画面に表示された文字の羅列を、なかなか解読できなかった。彼女のブログがなくなったのだと分かったのはしばらく後で、――何かの間違いだと結子は慌てた。自分に何も言わずに、彼女が消えてしまうわけがなかった。見捨てるはずがない。

もう一度ブックマークからブログに飛ぼうとしたけれど、同じ文章が表示されるだけで、彼女には繋がらない。今度はブログタイトルを検索してみる。もしかしたら何かの間違いでブログを消してしまって、新しく立ち上げているかもしれない。きっとそうだと都合の良いように言い聞かせる。

が、検索結果は結子がブックマークしていたサイトと同じURLの物で、クリックするとやはり閉鎖されていた。何か手がかりが欲しくて、検索結果をスクロールしていく。と、気になる掲示板を見つける。

〈痛いママブログを糾弾するスレ・30〉

冒頭に「この掲示板は痛いママブログを糾弾するために立てられました」と説明があった。どうして恩人のブログタイトルを検索したらこんな掲示板が引っかかったのか。結子にはよく分からなかった。ナルシストすぎる、子供を放《ほ》ったらかし、料理がマズそう――。悪口が書き連ねられたその場所は、吐き気がするほどみんながみんな、自分のことを棚にあげて、批判していた。百貨店が噂話の温床なら、ここは悪意の温床だった。

鬱々とした気分に引きずられないように、そのページを閉じようとした途端、――

WELCOME HOME BABYの文字が視界に飛び込んできた。mamaさんのブログタイトルだ。

ここで話題にされていたことを、初めて知った。悪意をぶつけられて心を病んでしまい、ブログを閉鎖せざるを得なかったのかもしれない。優しい人だったから、きっと堪えられなかったに違いない。

が、読み進めるうちに、結子は自分の目を疑った。


〈不妊治療で妊娠したことが嘘だったたってこと？〉

〈ブログのコメント欄閉じたってことは、そうだったたってことでしょ。否定もしてないし〉

〈嘘臭いと思ってたんだよね。やたらと子宝グッズを紹介してたじゃん？　これで妊娠しました、とか。

本気で妊活してたら、そんな神頼みなんてしないって。医療にすがります〉

〈あの商品も、結局アフィリエイトでしょ。所詮ブログなんて金儲《かねもう》け〉

〈周囲にも嫌われてたんだろうね。

その嘘ついてるっていうコメントも、現実でつき合いある人の密告でしょ？〉

彼女が嘘をついていたなんて、信じられなかった。結子がどうしても一人でいられなかった夜に、どれだけの時間を一緒に過ごし、どれだけの言葉を交わしただろう。が、彼らの書き込みを見ていると、自分にかけてくれた言葉が、全て嘘だった気がした。そんなことないよね、と彼女に問いただしたかった。本当に、本当に、私のことを心配してくれてたんだよね？　が、もうその術《すべ》がない。彼女の行方は永遠に分からない。ネットでの繋がりなんて、そんなものだった。消えようと思えば、一瞬で消えられる。

〈新しく引っ越したっていうマンション、N市なんじゃね？　写真に写ってるこれって、N市役所だよね？〉

スクロールしていた手が止まる。

N市は結子が住んでいる場所からそう遠くなかった。こんなに近くにいるとは思わなかった。掲示板には、彼女のマンション、娘が通っているであろう保育園の名前など、いろんな情報があげられていた。

——ここに行ったら会えるだろうか？

一瞬でいい。話せなくてもいい。どんな人か見てみたかった。

そして、彼女の言葉が本当だったと、そう、信じられる何かが欲しかった。

＊

――誰かが見ている。

レジに立っていても、自転車を漕いでいても、家にいても、誰かに見られている気がした。ブログは削除し、柚季の家で撮った写真も携帯から全て消した。それでも落ち着かなかった。犯人が柚季だと確定したわけではない。が、千夏子に近しい誰かだということだけは確かだった。〈あのこと〉を知っている人はネット上にはいない。現実の千夏子を知っている人だけだ。

「今日、本当に出勤して大丈夫だったの？　旦那さんも子供も休みでしょ？」

店長に声をかけられ、大丈夫です、と答えた。

「ならいいんだけど。

パートリーダーが急に休みたいって言うなんて、珍しいよね。雪でも降るんじゃないのかな」

一人で笑いながらバックヤードに帰っていく店長の背中を見送った。今日は随分、饒舌だった。いつもパートリーダーに気を使っていることが垣間見《かいまみ》えた瞬間だった。

千夏子は溜息をつく。もし、今、柚季が買い物に来たら、平常心でいられる自信がなかった。――帰りたい。思わず呟く。でもどこへ？

昨晩、急にパートリーダーから電話がかかってきて、シフトを代わってもらえないかと言われた。その声があまりに切実だったため、嫌と言えず、引き受けてしまった。夏紀のことは夫に見ていてもらえばいいと簡単に考えていたけれど、仕事から帰ってきた夫の反応は、今思い出してもあんまりだった。

「夏紀と二人で、何をすればいいわけ？」

父親だからそれくらい自分で考えろと思ったけれど、よく考えてみれば、一日中、二人で過ごすということは、今までなかったかもしれない。とりあえず、お昼ご飯はカレーを作っていくから家にいて欲しいと伝え、何とか了承を得た。

何もかも、嫌になっていた。

全てを投げ出して、どこかへ行ってしまいたい。何をどこで間違えて、ここまで流れ着いてしまったのだろう。今、自分は、何のためにこんな小さなスーパーのレジに立ち、小銭を稼ぎ、会いたくもない人たちが待つ家に帰るのだろう。

――幸せって何だろうか。

あまりに陳腐《ちんぷ》な疑問に苦笑する。そしてその幸せを、今は思い浮かべることもできなかった。

「これ、何？」

玄関に入った途端、夫に紙袋を突き出された。クローゼットに隠していたもので、まさか〈これ〉が夫に見つかるとは思っていなかった。

「……見たの？　何で？」

「夏紀がカレーこぼしたから、服着替えさせようと思ったんだよ。

何、これ？

何でこんなものがうちにあるの？」

夫は紙袋を逆《さか》さにして、中の物を床にばらまいた。――それは女児用の服の山だった。

「こんなもの、うちに必要ないよな？

夏紀はこんなもの着ないもんな？

男の子はこんなもの着ないよな？」

ごめんなさい、と千夏子が言うと、信二は寝室のクローゼットから別の紙袋を両手に抱えて帰ってきた。

「これも、これも、これも！　何でこんな物買ったわけ？　なあ、何で？」

千夏子は投げつけられる服を抱きしめながら、ごめんなさい、と頭を床につけた。

「……だって、女の子のはずだったから」

――産婦人科の先生に、告げられたときのことを思い出す。

性別は分かったらすぐに教えてもらいたいと、千夏子は夫と相談して、先生に話していた。名前をじっくり考えたかったし、服やおもちゃなども、事前に準備をして、万全の態勢を整えたかった。

妊娠五ヵ月に入った頃、エコーを見た先生が、「女の子ですね」と教えてくれた。嬉しかった。夫や周囲には、どっちでもいいなんて言っていたけれど、千夏子はどうしても女の子が欲しかった。――自分の分身のような存在が欲しかった。

自分に似た女の子。しかも自分の誕生日が出産予定日なんて、運命的だった。大きくなれば一緒に買い物をしたり、服を交換したり、恋愛の話をしてくれるかもしれない。夫とケンカをしても絶対に自分の味方をしてくれる。最高の女友達ができるようだった。

性別が分かってからすぐにブログで報告した。みんなが喜んでくれた。

名前は、自分の名前から〈夏〉の字を取った。そして、名づけの本の中から、素晴らしい漢字を見つける。〈紀〉という文字には、筋道を立てる、という意味があるらしい。それはまさしく、〈生真面目〉だと周囲に言われる夫や千夏子のイメージにぴったりだった。

——夏紀。

きっと可愛くて、向日葵《ひまわり》みたいにまっすぐに、一本筋が通った子に育つ。我ながら良い名前だった。

今までやったことのない手芸も始めた。ピンク色のスタイを縫い、ピンク色の靴下を編み、ウサギの形のガラガラを作った。少しずつ大きくなるお腹に話しかけながら。

——大きくなって、元気に生まれてきてね。待ってるからね。

だから、びっくりした。

助産師さんから夏紀を見せられ、

「元気いっぱいですよ！　……男の子ですよ！」

何かの間違いじゃないかと思った。だって、女の子だって言っていたじゃないか。

もちろん、エコー画像の角度が見えにくくて、間違えることがあるという話は聞いたことがあった。

——だけど、そうじゃない。

お腹にいるとき、ずっとずっと、女の子だって、そう確信していた。じゃあ、あれはただの思い込みだったの？

顔を真っ赤にして泣いている、まるで猿みたいなその男の子が、たった今、自分のお腹から出てきたとは思えなかった。これまでずっと、お腹の中にいて、千夏子が話しかけてきた子だとは、思えなかった。

一週間後に退院し、実家に連れて帰ると、みんながみんな夏紀を可愛がった。――出産するまでは、千夏子のことを一番に考え、身体を大切にするようにと大事にしてくれたのに、急に厳しくなった。

夏紀は、とにかく世話がやける子供だった。

大声で泣くのにミルクをなかなか飲まない。オムツを取った瞬間におしっこを飛ばす。夜眠らないのに昼間も寝ない。寝たと思ったそばから泣く夏紀に頭を抱え、ぼろぼろになっていく千夏子に母は言った。

「それくらいで弱音を吐くなんて情けない。みんなやってることでしょ」

寝不足で朦朧《もうろう》とした頭に、母の言葉が突き刺さる。咄嗟に返せなかった言葉が、頭の中をぐるぐる回り、出ていってくれない。

――そんなに私はダメなの？

――みんなより劣っているの？

——そんなことない。

——私が悪いんじゃない。

——この子が悪いんだ。

——この子が男の子だったから。

——女の子だったら私だってもっと良いお母さんだった。

おかしなことを考えていると思う。でも止まらなかった。

実家から自宅に帰ってからは、地獄の日々だった。

子育てに協力的でない夫は、不妊治療をしている間は早く帰ってこられたはずなのに、出産と同時に残業が増えた。手伝って欲しいと訴えても、それが母親の仕事だと言いくるめられた。ずっと家にいるのだから家事もきちんとやってくれと要求され、頭がおかしくなりそうだった。それでも千夏子には反論できなかった。だって、自分が望んで、不妊治療をしたのだから。

また怒られそうで、母に相談することも、友人に話すことも、ブログで本当のことを書くこともできなかった。

自分は、母親には向いていないのかもしれない。

湧いてきたその気持ちを、騙しだまし、ここまでやってきた。それでも腹の底にマグマのようにくすぶっている思いは、決して消えることはなかった。

——夏紀を甘えさせるより、自分が甘えたい。

——夏紀の時間より、自分の時間を大切にしたい。

——夏紀が可愛いと言われるより、自分が可愛いと言われたほうが嬉しい。

——夏紀より私。

——私。

——私のことを、見て。

母親として感じてはいけない感情のはずだった。

子供を産めば母性が出てくる——。昔から何度も聞いたフレーズで、そういうものだと思っていた。街中で子供を見かければ可愛いと思ったし、結婚をすれば子供を産むものだと思っていた。だけど、子供を産んでも、自分のことが大切だった。子供のためになら命を落とせるなんて、そんな風に思えなかった。

そんな中、ブログの中だけは自由だった。

そこでは夏紀は女の子で、千夏子が選んだ可愛らしい服を着ているはずだった。ブログに載せるためだけに女の子の服を選んでいる時間は、本当に自分が良いお母さんになっているような気がしていた。それが生きがいだった。

「お前、俺の給料をこんなものに使ってたのか！」

夫は鞄の中から千夏子の携帯を取り出し、床に投げつけた。おもしろいくらいに跳ねたそれは、液晶部分を表にして止まった。バリバリに割れた画面を見て、どこかほっとしている自分に気づく。こんな物、なければよかった。

「もうパートも行かなくていい！　携帯も解約する！　反省するまで家から出るな！」

夫の表情が、よく見えない。視界が滲んでいて、――自分は泣いているのだと気づく。何が悲しいのかよく分からなかった。夫の向こうにぼんやり見えている夏紀が、どんな顔をしているのか。それももう、どうでもよかった。

＊

夏紀がいなくなった。

美穂はそう言ったけれど、千夏子は確信していた。

――自分でどこかへ行ったんじゃない。連れ去られたのだ。

けれど、きちんと心配できていない自分は、母親失格なのかもしれない。どうしてこうなったのだろう。

「……もしもし」

おかしいくらい、声が震える。聞こえてきたのは、思った通り、柚季の声だった。

「もしもし？　千夏子さん？」

彼女の声は、千夏子のものと同じように、いや、それ以上に震えていた。

視界の隅で閃光《せんこう》が走った。次の瞬間、祭りの花火が暴発したような音が腹に響く。

随分近くに雷が落ちたようだった。

「……あのね、杏なんだけど、そっちに行ってない？」

「……どういうこと？」

訊ねると、柚季は一瞬、沈黙し、しぼり出すように言った。

「杏がスーパーからいなくなったの」

第五章

＊＊＊＊

――なっちゃんに会いたい。

普段あまりワガママを言わず、言い聞かせれば納得してくれる杏だったけれど、夏紀に会いたいという主張だけは引き下げようとはしなかった。

「なっちゃんと約束したの」

昼ご飯に作ったオムライスを全て食べ終わると、杏は柚季に言った。いつもは残すグリンピースまで、言われる前に綺麗に食べている。

「ママ、約束したことは守らなきゃいけないんだよ？」

柚季はこういうとき、子供だからと言って誤魔化すことができないと思う。大人が子供に対して使った言葉は、全てこうやって自分に返ってくる。小さいからといって侮ってはいけない。彼らも小さいながらに、立派な人間だった。

「そうだね。約束は守らないといけないね。

でも、なっちゃんのお母さんはお仕事で忙しいから、なかなか遊べないって言ってたよ？」

杏は口をへの字にしてお皿の上を見つめた。ご飯を食べ終わるまでは遊んではいけない――、彼女なりに約束を果たそうとしたことは、柚季も分かっていた。

電話が鳴り、柚季は身構えながらディスプレイに表示された番号を見る。スイミングスクールで知り合ったママ友だと分かり、ほっとして受話器を取った。今度の教室のあとでまたカフェで話をして帰らないかという誘いで、ぜひ、と柚季は答えた。

「ねえ、何で携帯持ってないの？　こういうとき持ってたら、メールひとつでぱぱっと済ませられるのに。

何かポリシーがある人なの？」

そう訊ねられ、柚季はあらかじめ用意していた台詞《せりふ》を返す。

「私、機械音痴で。最近のは難しいでしょう？」

「そんなことないよ、うちの母親だって使ってるんだから。買ったら私が教えてあげるから、買ったほうがいいよ」

熱心に薦めてくれる彼女に決してイエスとは言わずにのらりくらりと話をかわし、受話器を置いた。そろそろ持ったほうがいいのかもしれないと思いつつ、まだ勇気が出ない。

気がつくと杏は、自分が食べた食器を台所へ運び、スポンジに泡《あわ》をつけて洗おうとしているところだった。お手伝い用にと杏に買ってやったピンク色の踏み台が部屋にまだ馴染《なじ》んでいない。が、その所帯じみた感じが、どこかほっとする。

「……お皿を洗ったら、なっちゃんのお母さんが働いているスーパーに行ってみようか」

ぱっと顔をあげた杏に、でも邪魔はしないって約束できる？　と訊ねる。首がちぎれそうなほどに頭を振る杏を見ていると、もう二度と自分のせいで、友達を奪ってしまうようなことだけはしてはいけないと思う。この引っ越しは、完全に柚季の事情だけのためだった。

千夏子の働いているスーパーへ行くと、昼の時間帯だからか、部活で登校している近所の高校生やサラリーマンでレジはいっぱいだった。彼女の姿は見えなかったから、客足が落ち着いたら誰かに訊ねてみようと、杏と二人でパンのコーナーへ行く。明日の朝食用に食パンを選びながら、レジの様子を窺っていると、忙しい中で手際よく商品をさばいていく様は、見ているだけで気持ちが良かった。自分もまた、子育てが落ち着いたら働くことができるだろうかと微かに焦る。自分ではまだまだ働けると思っているけれど、気づいたらもう九年ぐらい、専業主婦をやっている。同じようにできると思うほうが、厚かましいのだろうか。

「ママ。まだダメ？」

杏にブラウスの裾を引っ張られ、我に返る。レジの前の客はまばらで、一番入り口に近いレジは休止の札を置いたところだった。

「ママが訊いてくるから、ここで待っててね」

杏をパンコーナーに置いて、レジへと急ぐ。母親世代の店員に、すいません、と声をかけると、いらっしゃいませ、と威勢の良い声が返ってきた。

「私、榎本千夏子さんの友人なんですが、今日は出勤されてますか？」

彼女は大きな声で、「あんた聞いてない？」と顔を寄せた。

「千夏子さん、体調が悪いってここ一週間くらいパート休んでるのよ。みんな心配してて。

あ、そうだ。ちょっと待ってて」

彼女は慌ててバックヤードに戻り、買い物袋を提げて帰ってきた。

「これ、いろいろレトルト商品入ってるからさ。店長に買わせたんだから気にしなくていいわよ。

お見舞い行くでしょ？　持っていってやって」

勢いに圧倒されて、ありがとうございます、とつい受け取ってしまった。千夏子の家は知っていたけれど、急に訪れて迷惑ではないだろうか。それでなくても避けられているような状況だった。もし彼女が会いたくないというのなら、つきまとうような真似はしたくなかった。――自分がされて困ったことは、やりたくない。

「杏、なっちゃんのお母さんは」

パンコーナーに戻ったが、そこに杏の姿はなかった。待ちきれなくてお菓子コーナーを見にいったのだろうか。二本先の棚を覗くが、そこにもいない。

「杏？」

小走りになって、店内を見て回る。が、どこにも姿が見当たらない。同じくらいの歳の子の頭が見えると駆け寄りそうになるけれど、すんでのところで、違う、と気づく。

「杏！」

店中を走り回り、名前を呼ぶ。周囲の客が、ざわつき始めた。

「何かあったの？」

さっき対応してくれた店員が柚季に訊ねた。

「あの、娘が」

連れ去られたんです――、そう言いかけて、止めた。言ったら、本当になる気がした。〈彼女〉がここにいるはずがない。

「娘がちょっと、はぐれちゃって。

すいません、お騒がせしました」

頭を下げて、出口へ向かった。ついさっきまで快晴だったのに、いつの間にか怪しい雲が空を覆い、──外に出た途端に激しい雨が降る。

「杏！」

雨の中に飛び出し、名前を呼びながら走る。

遠くには行っていないはずだ。もしかしたら一人で家に帰ったのかもしれない。一度マンションまで走って帰ったけれど、中に一人で入れるわけがないと気づく。

もう一度スーパーまで戻り、──もしかしたら、千夏子の家まで一人で行ったんじゃないかと思い至る。

柚季は公衆電話へ行き、千夏子の携帯の番号を押した。が、電源が入っていないのか、繋がらない。家の電話番号も聞いていたはずだと、鞄の中から手帳を取り出す、──と、焦って手が滑り、鞄の中身を全てまき散らす。あっという間にできた水溜まりの中に浸《ひた》ったそれを躊躇なく拾い、ページを捲る。が、手が震えてうまくいかない。……大丈夫。杏はきっと、一人で千夏子のところに行ったのだ。夏紀に会いたい、ただそのために。〈彼女〉に連れ去られたはずがない。

ようやく見つけ出した番号を、間違えないようにボタンを押す。──千夏子は、すぐに電話口に出てくれた。

「もしもし？　千夏子さん？」

ぱっと周囲が明るくなったかと思うと、背中の後ろで何かが倒れるような音がした。道を行《ゆ》き交《か》う人たちが、落ちた？　近いよね？　と口々に言いあっている。

「……あのね、杏なんだけど、そっちに行ってない？」

「……どういうこと？」

彼女の反応で、杏が側にいないことを知る。やっぱり、と、どうして、が、ごちゃ混ぜになり、喉に声が詰まる。

「杏がスーパーからいなくなったの」

嗚咽が漏れるのを、口を押さえて何とか堪える。――いなくなった。それが事実で、今はそれ以上でもそれ以下でもない。大きく深呼吸をして、落ち着かせる。私が、――母親がしっかりしないでどうする。

「夏紀も」

降りしきる雨音に掻き消されそうになった声を、かろうじて聞き取る。

「夏紀も保育園からいなくなったの」

もう一度、雷が鳴った。これも近くに落ちたらしかった。

＊＊

運転したことがない街だったけれど、休みのたびに通っていたから、コンビニやファミレスの場所くらいは分かるようになっていた。

結子は二度目の雷を聞いた途端、こんな雨の中、自分がやっていることが虚しくなり、少し休憩をして帰ろうと、コンビニに車を入れた。濡れないように、急いで店内へと走る。ミルクティーとチョコレートを買い、窓際に用意されたイートインのコーナーに座った。バチバチと窓ガラスに当たる雨はますます勢いを増していて、しばらくここで時間を潰そうと思う。この雨では、まともに運転する自信がなかった。――それでなくても気持ちは滅茶苦茶《めちゃくちゃ》だった。

ネットの掲示板に書かれていたマンションや保育園の周りを運転したところで、簡単にブログの彼女に出会えるわけはなく……、もし会ったところで自分がどうしたいのかは決まっていなかった。チョコレートを口の中に溶かすと、ほんの少しだけ落ち着き、涙が滲んだ。ハンカチでそれを拭い、ミルクティーで押し流す。

日を追うごとに無口になっていく夫を、どうしたらいいのか分からずにいる。何も話してくれないということは、話したくないということなのだろう。彼が被《かぶ》っている厚い殻を無理やり剝がすことも、見て見ぬふりをすることも、結子にはできなかった。食べない可能性が高いと分かっていても必ず用意していた夕食は一切作らなくなり、毎日回していた洗濯機も自分の都合だけで動かすようになった。触れて欲しいという願いは諦めるように自分の中に押し込める。——夫が自分を拒んでいるのではない。自分が拒んでいるのだと思わなければ、悲しみの中で身動きが取れなくなりそうだった。

ここ二週間、夫の先輩の奥さんから定期的にメールがある。連絡先を交換した覚えはなかったが、仲間内の誰かから聞いたのだろう。一度会って話をしたい、と言われ、理由をつけては断っていたけれど、その熱心さに押されて、今日の夕方に会うことになっている。何を切り出されるのか、想像しただけで恐ろしかった。

こんなとき、話を聞いてくれた彼女は、もう姿を消してしまった。そんな彼女のことを追いかけているのは、何も話そうとしない夫にすがりつくのと、もしかしたら同じことなのだろうか。

ここのところ保育園の周りを車で通るたびに、否応《いやおう》なしに母子の姿が視界に入った。マシュマロのように柔らかい頰にえくぼを作り、両手を開いて走っていく子供たちは、全力で母親を求めていた。だからこそ、母親も、全力で子供に愛情を注ぐことができるのかもしれない。自分を裏切らないという確証があれば、夫のことをもっと信じて、受け入れることができたのだろうか。――ダメだ。考えないようにしようとしても、同じことを考えている。

手のひらで顔を覆い、腫《は》れぼったい瞼を温める。いつまでもここにいるわけにはいかない。夕方には敵に会わなければいけないし、明日は仕事がある。せめて、仕事くらいはきちんとこなさないと、本当に自分のことが嫌いになってしまいそうだった。

ふと顔をあげると、小学校に入る前くらいの女の子と男の子が、窓ガラスの向こうで雨宿りをしているのが視界に入った。振り返った女の子と目が合う。――あの子なんじゃないか。ブログに載っていた写真は、スタンプで顔が隠れていた。けれど、結子は確信していた。

――あの子だ。

二人は手を繋ぎ、意を決したようにどしゃ降りの雨の中へと歩き出していった。結子は鞄の中にペットボトルとチョコレートを押し込み――、ああ、手がもつれる。出口へと向かう足は自然と早くなっていた。

＊

杏がいなくなったと柚季に聞いた瞬間、千夏子が思い描いていた最悪の状況は一変した。

――てっきり彼女が夏紀を連れ去ったのだと思っていた。娘の写真をブログに載せたからか、そもそも声をかけてきたときから別の理由で千夏子に恨みがあったのか。理由ははっきりしなかったけれど、彼女に間違いないと確信していた。でも、それが違うのなら、一体、誰が夏紀を連れ去ったのだろう。

「いつ？　まだ見つかってないの？」

柚季の声に引き戻される。

「……今、保育園から電話があったの。探しても見つからないから、警察に連絡したって。最近、園の周りを不審な車がうろついてるから注意してくれって言われていたんだけど」

「ごめんなさい、ちょっと待って」

言葉を途中で遮られる。電話の向こうで彼女は、誰かと話している様子だった。

「今、千夏子さんが働いているスーパーにいるんだけど」

電話口に戻ってきた彼女は、早口で説明した。

「スーパーの人が教えてくれたんだけど、さっき来たお客さんが、近くのコンビニの前で、幼稚園くらいの女の子と男の子が、車に乗り込むのを見たって。

杏と夏紀ちゃんかもしれない」

私も警察に相談した後で保育園に行くから。そう言って柚季は電話を切った。

＊＊＊

「なっちゃんがいませーん！」

夏紀がいないと最初に気づいたのは、他でもない、喜姫だった。

園の外に散歩に出ているとき、急に雨が降ってきた。バケツをひっくり返したような豪雨にきゃあきゃあと大騒ぎになり、慌てて引き返すように美穂から指示が出た。急いで園に帰り、部屋で着替えを手伝っていると、喜姫が気づいたのだった。――これには美穂も真っ青になった。園で勝手に出歩いているのとは違う。外に置いてきて、もし事故や誘拐にあったら――。近辺で目撃されていた車のことを思い出し、春花は胃が痛んだ。私のせいだ。私があんなコメントを書いたから。

美穂は園の中を、春花と手の空いていた職員は散歩していた場所に引き返して、探しまわった。けれど姿は見えない。携帯でその旨を伝え、春花だけ園に帰ると、警察と千夏子に連絡を入れた後だった。

しばらくして千夏子が園にやってきて、応接室に入ってもらう。春花はまともに彼女の顔を見ることができなかった。自分の職務態度に慢心があったと言わざるを得ない。どれだけ保護者や他の保育士に不満があっても、一番に考えるべきは、園児の安全だった。それ以上に大切なものがあるわけがない。

千夏子はソファに座り、園長の謝罪をただじっと聞いていた。声を荒らげるでもなく、泣き喚くでもなく、ただ、静かにそこに座っている。泣きそうになっている自分に活を入れ、ぐっと堪える。

と、職員に連れられて見知らぬ女性が部屋に入ってきた。彼女は、千夏子さん、と声をかけた。

「……私の友人なんです。

彼女の娘さんもいなくなったらしくて」

女性は、高木柚季と言います、と頭を下げ、言葉を続けた。

「女の子と男の子がコンビニの前で車に乗るところを見たと言う人がいるんです。子供だけがずぶ濡れだったから印象的で覚えてたっておっしゃってました。

うちの子と、夏紀ちゃんじゃないかと思って。

どこではぐれたか、覚えていませんか？」

春花は今日歩いた道を思い起こした。

「……園から駅に向かって歩いていたんです。それで、公園の前を通って、スーパーマルミの角を曲がって」

「うちの子、さっきまでそのスーパーにいたんです！」

柚季はそう言うと、はっ、と息を飲んだ。

「……娘は夏紀ちゃんを見つけたのかもしれません。

もしかしたら、それで声をかけたのかも」

確か、雨が降り出したのはスーパーを曲がった後だった。あまりの豪雨にパニックになっていたから、そのときにいなくなったとしたら、気づかなかったのも少しは頷けた。が、もしその後で、誰かに連れ去られたのだとしたら。――私のせいだ。

「春花先生！　どうしてちゃんと見ててくれなかったの？　夏紀ちゃんはいつも一人で勝手に出歩くんだから、注意して見てなきゃいけないことくらい、分かってたでしょ？

お母さんも、勝手に行動したらダメだって、お話ししてくださらないと」

美穂に言われ、春花は身が竦《すく》んだ。普段なら反感を感じるその物言いも、今はそのまま受け入れるしかなかった。自分のせいなのだ。自分の書き込みのせいで、不審者が保育園の周囲をうろついていたのだから――、

「誰の責任か、なんて、今、言っている場合なんですか？」

凛《りん》とした声に、春花は顔をあげる。柚季は正面から美穂を見据えていた。あの美穂

に意見できるなんて、どれだけ強いのだろうと感嘆するが――、微かに震える唇から、それが容易に発せられた言葉ではないと知る。彼女も極限の状態にあるのだ。その中で、最善を尽くそうとしている。我が子のために。

「私たちも探しに行きましょう」

柚季は千夏子に声をかけた。園長が「何かあったときに連絡が取れるように携帯の電源を入れておいていただけますか？」と声をかける。

「すいません、今、私、携帯が壊れていて」

千夏子が言うと、柚季もまた、自分は携帯を持っていないと話す。

「なら、これを持っていってください」

春花はエプロンのポケットから自分の携帯を取り出し、千夏子に手渡した。

「園の番号はアドレス帳に入っています。自由に使ってください」

千夏子はありがとうございます、と頭を下げ、二人で部屋を出て行った。春花にできることは、今、これくらいしかなかった。

＊

「どうして何も言わなかったの？」

靴を履いていると、柚季にそう訊ねられた。千夏子はその問いの意味が分からず、彼女の顔を見つめた。背後で園児の楽しそうな声がＢＧＭのように聞こえる。大人たちがどれだけ焦っていても、この園の中だけは平和が守られているようだった。

「園にいる間のことは、園が責任を持ってもらわないと、親も子供も安心できないじゃない。

それなのに、千夏子さんと夏紀ちゃんが悪いみたいに言われて。

おかしいと思わないの？」

「……だって、本当のことだから」

思わず本音が口をついて出る。え？　と柚季が訊き返す。

「本当のことだから。

夏紀は泣き虫で、嫌なことからはすぐに逃げて。言うことを聞かないし、すぐにどこかへ行くし。先生たちに散々迷惑かけてきたんだから、それに文句なんて言えない。

……柚季さんには分からないのよ。

杏ちゃんが良い子だから」

柚季の視線をまともに受けきれなかった。視線を逸らすと、自分の腰までしかない小さな靴箱が視界に飛び込んでくる。その中に入っている靴はどれも、おもちゃのように小さくて——、今更ながらに、夏紀の小ささを実感する。千夏子にはもう、その小さい怪獣を、コントロールし、育てる自信が残っていなかった。このまま見つからなかったら自由になれる、一瞬でもそう思った自分を、もう信じることができない。

「私だって、杏ちゃんみたいな子だったら、もっとちゃんと育てられた。柚季さんみたいな美人のお母さんと、あんな高級マンションに住めるような旦那さんの子供なら、いい子にならないはずがない」

自分でも何を言っているんだろうと嫌になる。八つ当たりもいいところだ。隣で小さく息を吐くのが聞こえた。金縛りにあったように身動きがとれず、彼女のことを見ることができない。

「そんなこと、関係ない」

はっきりとした口調に、思わず彼女の方を振り向く。

柚季は立ち上がり、千夏子を見下ろしていた。が、その視線に怒りや哀《あわ》れみは滲んでいなかった。感じたのは、そこはかとなく漂う悲しみだった。

「杏は、私たち夫婦とは血が繋がっていないの。

……特別養子縁組で、うちの子になったの」

＊＊＊＊

ママとスーパーのお店の人が話をしているのを待っていたとき、夏紀が外を歩いているのが見えた。杏は思わず店を飛び出し、その後ろを追って走った。みんな足が速くてなかなか追いつかない。

「なっちゃーん！」

杏が叫んだ途端、雨が降ってきて、その声を掻き消した。だけど、夏紀だけは気づいて、振り返った。杏のところにまっすぐ走ってきてくれる。ママが探している声が聞こえたけれど、二人で路地に隠れる。かくれんぼは得意だ。

「なっちゃん、だいじょうぶ？　ないてない？」

杏が訊くと、夏紀は、うん、と頷いた。嘘だ、と思う。夏紀は泣き虫で、でも、ちょっとだけ、いじっぱりだ。

「ママをさがしにいこう」

杏が手を繋ぐと、夏紀は、きゅっと手を握り返した。

「あのね、電車に乗ったら遠くにいけるよ。だから、えきに行ったらいいの」

二人はそうして、歩き出した。

杏は夏紀が家にくると、子供部屋でツインズバニーの絵本を一緒に読むのが楽しみだった。そしてウミミとソララごっこをする。

ウミミとソララはいろんなことにチャレンジするウサギだ。あるときは、お菓子を作り、あるときは冒険の旅にでかける。だけど途中でうまくいかなくなって、ケンカをして、でも二人で助けあう。そして、最後にはママが迎えに来てくれて、めでたしめでたし。ときどき、すごく大変なことが起こったりもするけれど、最後には絶対に、ママが助けてくれるのだ。

「ウサギママは、アンのママにそっくりなの」

ママは杏の自慢だった。絵本の中のウサギママみたいに、お菓子を作るのが上手で、いつも洗濯物のいい匂いがしていて、とても優しくて。

「アンちゃんはいいね。ママが優しくて」

そう言った夏紀の顔が悲しそうで、杏は心配になった。

「なっちゃんのママは優しくないの？」

「……ぼくがわるい子だからいけないの。

ぼくが、まちがえて、ママのおなかにきちゃったから、わるいんだって」

夏紀がしくしく泣き出したから、杏はびっくりして、何か言わなきゃいけないと思った。何か言って、はげまさなきゃ。

「あのね、なっちゃん。いいことかんがえた」

杏は夏紀の耳にささやいた。

「アンにはね、ママがふたりいるの。

おなかの中でそだててくれたママと、今のママ。

ママがどうしても育てられないから、今のママとパパに育ててくださいって頼んだんだって。

だからね、なっちゃんも、あたらしいママをさがしたらいいんだよ。

アンが、てつだってあげる」

杏は泣いている夏紀をなぐさめたくて、指切りげんまんをした。


雨が酷くなってきて、杏と夏紀はコンビニの軒下に駆け込んだ。駅に向かって歩いているつもりだったのに、雷が鳴って走り出したせいで、途中で分からなくなった。

杏はもう、泣きそうだった。隣にいる夏紀の顔を見ると、彼もまた、半べそをかいている。

「なっちゃん、なかないで？」

杏は、きゅっ、と夏紀の手を握った。

――なっちゃんのママを見つけてあげる。そう、約束したのだ。約束は守らなきゃ。

手を引いて、雨の中へ歩き出した瞬間、おばちゃんに声をかけられた。

「二人でどこへ行くの？」

＊

コンビニの駐車場で声をかけてきた女の人のことを、杏は知っていた。おばちゃんと仲が良さそうに話す杏の横で、夏紀はじっと固まっていた。

杏が駅に行きたいと話すと、車で連れて行ってくれることになった。杏と夏紀は車の後ろに乗せてもらう。杏が手をつないでくれていると、ほっとした。――だけど、ママがしったらぜったいに、怒る。夏紀はママに怒られたくなかった。

車の窓は滝みたいに雨が流れて、外がよく見えない。しらないところに行くみたいで、とても怖い。まだお昼なのに、空は暗くて、今にもオバケがでそうだ。

杏がだれかママになって欲しい人はいないのかときいたとき、頭に浮かんだのは、ウサギせんせいだった。去年、副担任だったせんせい。ウサギのお世話をしていたせんせい。

クラスのみんなは、ウサギせんせいは「ダメなせんせい」だって言っていたけど、夏紀は大好きだった。ミポリンせんせいは、夏紀が話すことをかんがえていたら、「ちゃんと話しなさい！」と怒ったけど、ウサギせんせいは、話し始めるまでずっとまってくれた。

「焦らなくていいよ。ゆっくりでいいからね」

せんせいがそう言ってくれると、安心して、何でも話すことができた。

ミポリンせんせいは、ウサギせんせいのことを、いじめていた。

ウサギせんせいが手あそび歌をしていたら、おもしろくないねえ、って笑っていたし、ウサギせんせいのノートを隠して知らないふりをしていた。いつもいつも、ウサギせんせいはミポリンせんせいに怒られていたけど、夏紀には何で怒られているのか分からなかった。

おとなは、おかしい。みんなとなかよくしなさいって言うのに、せんせいは、せんせいと、仲が悪い。

「せんせい、なかよくしなきゃだめなんだよ」

ミポリンせんせいにそういったら、すごく怒られた。

「なっちゃんは、大人の言うことをきかない悪い子です！」

みんなの前でそういわれて、すごくはずかしくて、悲しかった。それからみんな、あそんでくれなくなった。悪い子と遊んだら、ミポリン先生があそんでくれなくなるって。

ミポリンせんせいに怒られて泣いていたら、ウサギせんせいは抱っこして、ウサギのいえに連れていってくれた。せんせいは、ママといっしょの、石鹸《せっけん》の匂いがした。せんせいは、ウサギのことをたくさんしっていて、いろんなはなしをしてくれた。

「ウサギはね、せんせいや、なっちゃんと一緒で、ちょっとこわがりなの。だからね、驚かせたらびっくりして、倒れちゃうこともあるの」

夏紀は、絶対に驚かせない、と約束した。

「ぼくが、せんせいと、ウサギをまもるからね」

そう言うと、せんせいは嬉しそうに笑ってくれた。

だけど、せんせいは、夏紀が三歳児クラスになるまえに、やめてしまった。せんせいたちはみんな〈こころのびょうき〉だっていっていた。

せんせいのことをまもれなかったから、ぜったいに、ウサギのことはまもるってきめたんだ。夏紀はさみしくなったら、ウサギと話をした。きみたちもさみしいよね、って。

最初は、杏がウサギをいじめてるんだと思った。小屋のフェンスをバンバン叩いていたから。勇気を出してダメだよって話したら、杏のママに、教えてくれてありがとうって言われた。いろんなことを知っていてすごいね、って褒めてくれた。なんだかくすぐったかった。

それから、杏とママがウサギのいえに来るのが見えると、夏紀は嬉しくなって、二人のところに急いだ。ミポリンせんせいも、はるかせんせいも追いかけてこなかったから、いっぱいあそべた。

だけど、あの日は、喜姫があとを追いかけてきた。それで言ったんだ。

「よその人はウサギをみたらダメなんだよ！　ほいくえんのものなんだからね！　せんせいに怒られるんだよ！」

バンバン、フェンスを叩いて言うから、夏紀は喜姫の手を摑んだ。ウサギをまもらなきゃ、って一生懸命だった。

ママから、喜姫にケガをさせたって怒られたとき、本当は言いたかった。

「ウサギをまもったんだよ」って。

でも、言えなかった。杏が怒られたらかわいそうだったから。よその人がウサギを見てたって知られて怒られたらいけないから。

でも、ウサギがしんじゃった。

どうしてだろう。

まもるって、約束したのに。

保育園に行きたくなかった。ウサギのいないウサギのいえは、とても悲しい。

保育園から早く帰りたかった。ウサギのいないウサギのいえは、とてもくやしい。


夏紀は、ママがすきだった。

だから、ママがひとりでテレビを見ていなさいって言ったら、しずかに見ていたけど、そうしたらすぐに「早くねなさい」って怒られた。

靴くらい自分ではきなさい、って言われたからやってみたけど、左右逆だって怒られた。

絵本を読んでって頼んだら「あと少し」って言って携帯を触って、あと少しはずっとこない。

でも、夏紀は、ママがすきだった。

最近は、ママが保育園まで送ってくれなくなって、パパが車で送ってくれる。きっと、ママは、ぼくのことがキラいになったんだ。だからこれ以上、ママに怒られるようなことしたらいけないんだ。ママに、もういらないって言われたくないから。

杏にはいえなかったけど、本当はあたらしいママなんていらない。

今のママがだいすきで、今のママにたくさん抱っこしてもらいたくて、今のママにたくさんお話をしてほしかった。だけど、もしいらないって言われるなら、あたらしいママをさがさなきゃいけないのかもしれない。

「……おしっこ」

夏紀は、車を運転しているおばちゃんに言った。車を止めたかった。このままだと、どんどんママからはなれていっちゃうから。

「おしっこ、いきたいです」

おばちゃんは、じゃあそこのガソリンスタンドにいこうか、と笑った。

このまま、新しいママを探しになんていきたくなかった。

お願いだから、ママにむかえにきてほしかった。

ママに、帰っておいで、って言ってほしかった。

なっちゃんがいなかったら寂しいって言ってほしかった。

ガソリンスタンドについたら、おばさんが手を引いてトイレまで連れて行ってくれた。雨が降っているから濡れたらいけない、と一緒に走ってくれた。

トイレから出たら、おばさんが頭をタオルで拭いてくれて、手をつないでくれた。

温かくて気持ちがいいけど、やっぱり、ママがいい。

車の方を見ると、誰か女の人が、後ろのドアを開けて、杏と話していた。

——ママだ。

そう思ったけど、違った。

見たことがない人だった。

ママが迎えに来てくれたのだったら、よかったのに。

＊＊

コンビニから出ようとした瞬間、女の子と男の子は、見覚えのある女性に声をかけられた。咄嗟に結子は後ろを向いて中に戻り、陰からその人を確認した。——自分の目を疑う。

木南夕香だった。

彼女のマンションからはかなり遠く、こんなところにいるはずがなかったし、彼女の娘の知り合いだとは考えにくかった。夕香の娘は小学生になってだいぶ経っているはずだった。何かはっきりした確証があるわけではないけれど、言いようのない不信感を抱いた。子供二人が車の後部座席に乗り込み、駐車場を後にすると、結子も急いで車に乗り、反射的に夕香の後を追っていた。――このまま放って置いてはいけないんじゃないか。

雨脚は更に強まり、ワイパーが拭うそばから水が溢れ出す。溺《おぼ》れそうな視界から彼女の車が消えないように、必死で後を追った。

さっき見た夕香の姿が衝撃で、結子は動揺していた。

顧客様として店に来るときの彼女とは、全く別人だった。眼鏡《めがね》をかけ、適当に髪をまとめ、襟元が少しくたびれたTシャツにジーンズ。メイクをしていないその顔は、随分顔色が悪く見えた。いつもの隙《すき》がなく完璧な彼女ではない。

車は北へ向かっていた。このままでは夕香の家からも、街からも離れてしまう。嫌な予感は雨脚と共に強まる一方で、――もしかしたら、と悪いほうへ思考は流れる。

このままだと山の中に入ることになる。そう思った途端、急にウインカーがつき、手前のガソリンスタンドに入っていった。結子も咄嗟に曲がり、後をつける。少し距離をあけて洗車コーナーに停めると、彼女が男の子の手を引いて休憩所へと入っていくのが見えた。女の子はそのまま後部座席に座っているのがかろうじて見える。

結子は車を降り、夕香の車へと走った。一瞬で頭からずぶ濡れになり、髪の毛が頬にまとわりつく。躊躇したけれど、後部座席の窓ガラスをコツコツと叩く。女の子は驚いたように口を開けた。思い切って、ドアを開ける。

「驚かせてごめんね。

私、あのおばちゃんの友達なんだけど、あなたも知ってるの？」

無理のある質問だったけれど、女の子は友達ときいて少しほっとした様子で、笑顔を見せた。

「うん！　ママのおともだちなの！」

知り合いのはずがない、と思い込んでいたけれど、自分の早とちりだったのかもしれない。

「……そうなんだね。

これから、どこへ行くの？」

「えきに行くの」

車が向かっているのは、駅とは全くの逆方向だった。――悪い予感が、当たってしまう。

「あ、なっちゃん、トイレから出てきた！」

女の子が結子の肩の向こうに視線をやった。振り返ると、夕香と男の子が手をつなぎ、カフェルームからこちらを見ていた。結子は後部座席のドアを閉め、彼女のもとに走った。

＊＊＊＊＊

——努力すれば報《むく》われる。

この言葉が、木南夕香は大好きだった。

今までの人生、全て自分で目標を掲げ、計画をし、それを成し遂げてきた。それが当たり前だと思っていた。だって、それだけ努力をしてきたのだから。

だから、まさかあんなところで、つまずくとは思っていなかった。


二十七歳からつき合いだした彼と、三十歳のときに結婚した。三つ年上の職場の先輩だった。入社して教育係としてついてくれたのが彼で、行動を共にするうちに、誰とでもすぐに打ち解ける陽気な性格に惹かれた。流行に敏感で、大人の遊びを教えてくれたのも彼だった。一緒にいて、楽しい人だった。

が、一方で、彼は大雑把な性格で、小さなところでミスをする癖があった。そしてそれを大したことではないと思っているところがある。夕香は先回りして、それを防ぐのが好きだった。プロジェクトがうまくいくたびに、それは自分のおかげだと自信がついた。

当時つき合っていた彼女から奪う形で彼とつき合い始め、公私にわたって世話を焼き始めた。のろけ話のつもりで会社の外の友人に話すと、「ダメ男だから別れたほうがいい」と口を揃えて言われたけれど、反対されればされるほど、みんな嫉妬しているのだと思った。顔が良く、みんなに好かれている彼が、自分がいなければ生きていけないほどに頼ってくれるこの快感を、分からないはずがなかった。

職場結婚は初めてのことだったらしいけれど、上司が残っていいと言ってくれたので、そのまま部署を変わることなく、同じ営業職を続けることができた。が、それも夕香の計算通りだった。つき合っている間も、周りに気を使わせないように徹底的に隠してきたし、仕事でも成績をあげてきた。結婚してからも職場にいる間は絶対に夫とプライベートの話をせず、今まで通り敬語を貫《つらぬ》き通《とお》した。周りは「本当に結婚してるの？」なんて冗談を言うくらいだったけれど、それくらいでちょうどいいと思う。職場に私情はいらない。

一年後に妊娠してからも、産休までは泣きごとを言わずに働いた。どんなに悪阻《つわり》が酷くてもそれを愚痴ったりしなかったし、少しくらい体調が悪くても絶対に休まなかった。それは今まで先輩たちが妊娠、出産したとき、少しでも弱音を吐くと「だから女は」と追い込まれた姿を見ていたからだ。絶対に自分は隙を見せない。そう、決意していた。

妊娠中から保育園の情報を調べ始めた。初めて知ったけれど、夕香が住んでいる地域は待機児童が思った以上に多かった。東京や大阪などの大都市だけの問題だと思っていたから、少し焦った。けれど、調べてみたら、隣の市は待機児童数が〇人なのだ。そういうことがあるのだと驚いた。同じ県内でも、これだけ差があるのだ。が、引っ越せない距離ではない。出勤時間は徒歩十五分から、車で一時間になる。けれど確実に認可保育園に入れるなら、背に腹は代えられないと思った。それに、よく調べてみたら、子育てにかなり力を入れているようだった。小学六年生まで学童保育を利用できるから共働きに優しいとうたっているし、市民病院は中学三年修了時まで自己負担分の医療費が無料らしい。サイトに載っている写真はどれも自然に囲まれた良い環境で、実際、移住してくる人も増えているらしかった。

「は？　車で一時間とか無理に決まってるじゃん」

食事を終え、ソファに寝転がる夫は、引っ越したいという夕香の言葉を一蹴《いっしゅう》した。洗い物を済ませ、意気揚々と切り出した夕香は、思ってもみなかった反応にむっとした。

「無理じゃないわよ。

寧ろ、今が便利すぎるのよ」

腰を擦りながらソファに座る。このところずっと背中が張って辛い。

「便利すぎていいじゃん。保育園ならこの近くを探したらいいだろ」

「だから、この近くは無理なんだって。待機児童がどれだけいるか分かってるの？」

知らないけどさ、と夫は寝返りをうちながら続ける。

「出勤に一時間かかるってことは、迎えに行くのも一時間かかるってことだろ？　もし急に具合が悪くなったから迎えにきてくれって言われて、お前は一時間も放置しておいて平気だってこと？」

予想していなかった切り返しに、ぐっと喉が詰まる。

「そうは言ってないけど。

でも、現状じゃ、育休が終わっても保育園が決まらない可能性のほうが高いんだって！」

利用調整指数表と照らしあわせて計算したら、夫が二十点、夕香が二十点の、計四十点だった。二人ともフルタイム勤務だから、まず間違いなく入れるだろうと考えていた。が、それでは足りないだろうと市役所で言われた。フルタイム勤務でも空きが出るのを待っている人がたくさんいるそうだ。

そして夕香の計算は一ヵ所間違えていた。市内に夫の両親が住んでいることで、マイナス二点になってしまうのだ。要するに、祖父母がいるなら面倒をみてもらえるだろう、ということだったが、そんな簡単な問題ではない。夫の両親とは反《そ》りがあわない。預かって欲しいと頼んだところで、うんと言ってくれるはずがなかった。そんな一方的な決めつけで、点数を引かれてはたまらなかった。

「もー、仕事で疲れてるんだからさ。家に帰ってまでぎゃんぎゃん言うなよ」

クッションを頭からかぶって丸くなると、夫はそのまま眠ってしまった。どうして自分だけが頭を悩まさなければいけないんだろう。一体誰の子だ、と腹立たしい。けれど、それ以上夫に何か言ったところで、良い解決策が出てくるわけではないと、長いつき合いで分かっていた。職場でも夫の尻拭《しりぬぐ》いをしているのは夕香だった。夫に何か期待するより、自分で動いたほうが手っ取り早い。が、どれだけ解決策を考えようと、夫がいいと言わなければ前に進められない。どうして私の邪魔をするんだ、と苛立ちばかりが募った。

出産予定日の二ヵ月前、総務に育休の申請をしにいったときにもまだ、具体的な解決策は見いだせていなかった。初めての出産への不安や仕事のストレスがあり、体調管理もうまくいっていなかったのかもしれない。書類を手渡した途端、少し目眩《めまい》がし、吐き気に襲われた。

「大丈夫ですか？」

そう声をかけ、肩を抱いてくれたのが高木柚季だった。

途端に涙が溢れて止まらなくなった。優しい声をかけられたのは、久しぶりだった。そのままトイレへと連れて行ってくれ、外で待ってますね、と言われた。夕香は便器を抱えた。妊娠後期に入って、悪阻がぶり返していた。仕事中もトイレへ立つ回数が多くなり、それを同僚や上司がよく思っていないことは知っていた。この時期にまで悪阻があるなんておかしいんじゃない？　と面と向かって言われ、サボるなら辞めて欲しいよねと陰口《かげぐち》まで言われた。それを聞いて夕香は更に、強く思った。――絶対に辞めてたまるか。女だからって、負けてたまるか。

水道で口をすすぎ、ハンカチで拭って外に出ると、柚季がペットボトルを渡してくれた。

「スポーツドリンクです。悪阻が酷いと脱水症状になったりするって聞いたので」

「……どうして」

ここまでしてくれるのだと訊こうとしたが、言葉が続かなかった。

「産休の手続きに来る子がいろいろ教えてくれるから、自然と知識が身についたんです。

自分のときに役立ちそうだから、ラッキーかな？」

一度ひっこんだ涙がまた溢れそうになって、ハンカチを目頭にあてる。小さな子供みたいに声をあげて泣きそうだった。柚季はそっと肩に手を置き、「何か辛いことがあったら、また顔を見せてくださいね」と微笑んだ。

それから時々、柚季の顔を見に総務へ寄った。小さな喫茶スペースにある自動販売機でドリンクをおごり、ほんの十数分間を彼女からもらう。今までたくさんの妊婦を見てきたけれど、やはりみんなマタニティーハラスメントに遭い、疲弊していくのを見ていると辛いのだと彼女は言った。

「ほんっとうに、男って身勝手よね。

あんたの母親が産んでくれたからこの世にいるってことを、ちゃんと分かってないんじゃないかしら！」

勢いよく毒を吐く夕香の話を、柚季は静かに聞いてくれた。こんな風に全てを受け入れてもらえる安心感は、今まで感じたことがなかった。

「本当にそうですよね。

子供が生まれるのって、奇跡みたいなものなのに。

どうして妊婦を邪険にできるのか分からないですよね」

「でも私、負けないから。

仕事も絶対に続けてやる！」

昨晩も保育園のことで夫と言い争いになり意気消沈していた。が、柚季と話していると何とかなるかもしれないという気になるから不思議だった。

「そういえば、保育園の点数のことなんですけど」

柚季は言う。

「ちょっと聞いたんですけど、育休を一年取らずに早く切り上げて、認可外の保育園に一回入れたら、点数が三点プラスされるらしいですよ」

「え？　それ、本当？」

「自治体によって違うらしいから一回調べたほうがいいですけど、認可外に入っているってことは保育が必要だって認識されて、点数が上がるってことらしいんです。あと、育休を一年取った後だと一歳児クラスからの入園になるでしょう？　一歳児クラスは、〇歳児クラスからの繰り上がりが多くて空きが少ないらしくて。だから、一歳児は入園倍率が高くて入りにくいけど、〇歳児は入りやすいっていうところもあるみたいですよ」

「……ありがとう。調べてみるわ」

負けない、と意気込んではみるものの、妊婦が仕事と家事を両立するのは難しく、その上保育園の情報を調べるのは時間的にも体力的にもかなり無理がきていた。力になろうとしてくれる厚意が嬉しかった。彼女はきっと、良いお母さんになるだろう。

それからドタバタと時間は過ぎ、産休に入った。柚季とは時間が合わず、挨拶もできずに休みに入ってしまった。会社で話すだけの間柄だったから連絡先も教えてもらっていなかったことを後悔したけれど、でも、また復帰するのだからと、それほど深くは考えていなかった。

里帰り出産し、二ヵ月実家の世話になった。何だかんだ言いつつ、やっぱり孫は可愛いのだと知る。母親が娘を見てくれている間に、久しぶりに夫とランチを食べた。そこで保育園の話を持ち出した。柚季が教えてくれた通り、認可外へ入っていたら点数が上がる。もうどこの保育園が良いかは目星をつけていた。保育料は高いけれど、アットホームな雰囲気で評判は悪くなかった。認可保育園に入るまでと腹をくくれば、保育料も何とか我慢できる。

「は？　○歳児から保育園に預けるとか、虐待じゃん？」

夫が大きな声をあげたから、ちょっと、と肩を叩いて制した。

「虐待って何それ。みんな預けてるじゃない」

夫は、怖いなあ〜〜、とコーヒーを啜った。

「何でそこまでして働きたいわけ？　専業主婦になればいいじゃん。うちの課だって、職場復帰してもみんなすぐに退職するんだからさあ」

一体、誰のせいだ、と罵《のの》りたくなるが、ぐっと堪える。言ってもどうせ分からない。

「私は大丈夫だって。

家事も育児も仕事もちゃんとするから。

今まであなたに迷惑かけた？」

夫は深く溜息を吐き、実はさ、とこぼす。

「お前が職場復帰するのを、みんな嫌がってるんだよね。

ちゃんとするって言ったって、熱が出たとか、保育園の行事がとか、休まなきゃいけない日って絶対に出てくるじゃん？　そうしたらみんなにしわ寄せ行くしさ。だったら、子供がいない人に来てもらったほうがいいってみんな言ってるわけよ。

俺も肩身狭いじゃん？」

あんたは一体、どっち側の人間だ、と怒りが湧き、そして、情けなくなった。ここまで愚か者だとは思っていなかった。

「一度仕事辞めてさ、子供に手がかからなくなってきたらまた働けばいいじゃん。な？」

戦意は静かに消えていった。

実家から家に戻ると、たった二ヵ月留守にしただけで部屋は薄汚れていた。一度も掃除機をかけていないであろうフローリングには埃《ほこり》が溜まり、ビールの空き缶が転がっている。つき合っている頃はそれを本当に可愛いと思っていたのに、今となっては欠点にしか思えなかった。

力任せに掃除機をかけ、その騒音に紛れて思い切り泣いた。

——どうして、誰も分かってくれないのだろう。

これからは女も働く時代だと言いながら、男は協力しようとしない。女はどうせ子供を産んで辞めるのだと陰口を叩くくせに、復帰しようとすれば認めない。少子化だと騒ぎ立てるくせに保育園は増えず、子育ては女の仕事だと決めつける。「何か手伝おうか？」なんて台詞は、子育ては自分の仕事ではないと思っているから吐けるのだ。自分の仕事だと思っていたら〈手伝う〉なんて言葉は使わない。

負けたのだと思った。

認可保育園には申し込みをしたけれど、望みはほとんどない。そして職場に居場所がないなら、——何より夫が応援してくれていないなら、どれだけ戦ってもしょうがない気がした。

久しぶりに遊びに来てくれた結子には、どうしても本当のことが言えなかった。今まで散々大きな口を叩いてきたのだ。働く姿を子供にも見せたいなんて、理想を語っていたことが恥ずかしくなる。スタートラインにすら立てなかったのだから。あたかも退職するのは自分の意思であるように振る舞わないと、やっていられなかった。彼女の目に映る自分は、強い自分でいたかった。

結局、育休が明けて、職場復帰することなく退職した。柚季に話を聞いて欲しかったけれど、彼女は夕香の育休中に、退職していた。彼女は、自分が負けたことを知ったら何て言っただろうか。がんばったねと肩を抱いてくれたか。それとも、悔しいねと泣いてくれたか。

どちらにしても、夕香が言って欲しい言葉を彼女はかけてくれたはずだった。


子育ては、楽しかった。

子供の成長は著《いちじる》しい。毎日何か違うことができるようになる姿をずっと側で見ていられる。持ちうる限りの時間を娘に使うことができるのは、ある意味贅沢だったのかもしれない。

濃密な母娘の時間を過ごしていくうちに、夫の存在が薄くなっていくのが分かった。何より大切なのは娘で、彼女がいればそれでいい。夫が家事や子育てを手伝ってくれなくても、どうでも良かった。彼に、もう期待はしていなかった。

それでも、娘の璃子《りこ》にとっては、優しいお父さんだった。

夕香と毎日公園に行っていても、休みの日に父親と行く公園は格別だし、珍しく早く帰ってきたときは一緒にお風呂に入りたがった。絵を描けばお父さんに見てもらうのだと意気込み、褒められると本当に嬉しそうに笑うのだ。

男というのは、どこまでも羨ましい生き物だ。

やりたい仕事を思う存分やり、妻に世話をしてもらい、子育ての良い部分だけをあっさりさらっていく。

夫と楽しそうにしている璃子を見ると、ちくりと刺さった棘が痛むのが分かる。

──あなたが幸せなのは私が自分を犠牲にしているからなのに。どうしてお父さんとそんなに仲良くするの？

二人を見ていると、自分が家政婦か何かになったような気がした。自分という人間が、どこかに消えてしまったようだった。

再会は、偶然だった。

娘が小学三年生になってしばらくして、仕事を探し始めた。夫が、そろそろ働きに出てもいいんじゃない？　と言い始めたのだ。それまでは、俺の稼ぎだけで充分なんだからと絶対に許してくれなかったのに、どういう風の吹き回しだと思った。が、「今まで子育てをがんばってくれたから」と言われ、悪い気はしなかった。

「でも、璃子は一人で留守番できる？」

心配して訊ねると、大丈夫だよ、と笑顔で応援してくれた。それで腹は決まった。もともと、夫が稼いだお金を自分のために使うことに、なぜか罪悪感を感じていた。自分で稼ぐようになれば、もっと自由になれるかもしれない。

結子が働く店からセールのＤＭが送られてくるたびに買い物には行っていたが、あれは、専業主婦だって自由に買い物ができると誇示したいからだった。実際は独身時代の貯金を切り崩していて、着ていく場所もないような服を買っていた。が、働くようになれば、その服もタンスの肥やしにならずに、活用することができるだろう。

せっかく働きに出るのだから、正社員に戻りたい。できることなら以前と同じ、広告代理店の営業職が良かった。が、ハローワークで求人を検索して驚く。四十歳を超えると、そもそも正社員の求人そのものが少なかった。窓口で相談しても、ブランクが長いと言われ、まともに取りあってもらえない。とりあえず検索するときは実年齢より十歳若い年齢を入力して検索してみたらいいというアドバイスをもらった。そのほうがたくさん求人が出てくるし、ダメ元でも、どんどん書類を送っていったほうがいいということらしい。

たった九年経っただけで自分の価値がなくなったと言われたようで、帰り道は足取りが重かった。そこらへんの新入社員より動けるのに。

急に九年前の、退職を決めたときの悔しさがこみ上げてきて、その場に立ちすくむ。——どうして、誰も分かってくれないんだろう。

「大丈夫ですか？　具合、悪いですか？」

耳に優しい、穏やかな声だった。

「……大丈夫です、すいません」

顔をあげると、そこにはずっと会いたかった人がいた。

「……高木、柚季さん？」

夕香が問うと、木南夕香さん？　とすぐに返事と笑顔が返ってきた。


彼女の手には、小さな女の子の手が握られていた。三歳になったという彼女の娘は、杏という名前だった。この近くに住んでいるのだという彼女の誘いにのって、家にお邪魔した。こぢんまりとした小さなマンションだったけれど、実家のように居心地が良いのは彼女の穏やかさ故《ゆえ》だろう。

「育休明けに総務に行ったら退職したって聞いて、残念だったの。連絡先とか聞いてなかったし。……って、もう随分昔のことなんだけどね」

まるで昨日のことでも話すような自分に笑い、出してくれたアイスティーを飲む。

「私も気になってたんです。

ちゃんと挨拶をしたかったんですけど。

……結局、仕事は？」

柚季の問いに、頭を振って答える。

「保育園に入れなくて諦めたの。

というか、夫が〇歳からよそに預けるなんて虐待だ、なんて騒いじゃって。結局、ずっと専業主婦。

でも、娘が三年生になったし、働きたいなと思ってハローワークに」

こんなに何も隠さずに会話をすることが久しぶりだった。究極のデトックスだ。嫌なものが全て身体から出て行く快感を覚える。

「そうだったんですね」

「柚季さんは？　どうして仕事を辞めたの？」

「あ、私は」

彼女は杏の口元をティッシュで拭った。牛乳で白い髭《ひげ》ができている。このくらいの時期は可愛かったなと夕香は娘の小さい頃を思い出す。最近は友達と遊ぶことのほうが楽しいらしく、隠しごとも多く、態度も反抗的だった。

「私は、不妊治療に専念したくて辞めたんです。

あの会社を続けながら病院に通うのは無理があったから」

そう話す彼女には一切の後悔も見えなかった。やっぱり良いお母さんになったのだなと、昔思ったことをもう一度思う。

「でも、やっぱりブランクがあると難しいわね。求人を見つけるにも苦労するわ」

「夕香さんはがんばり屋だったから。
　きっと、うまくいきますよ」

柚季にそう言われ、ありがとう、と返事をする。結局、二時間も居座って長話をしてしまった。

「またハローワークに来たときは寄ってくださいね」

帰り際に携帯番号を交換し、マンションを後にした。状況はついさっきまでと何も変わっていないのに、何でもできるような気がして、身体が軽かった。

ハローワークには一週間に一度、求人を検索に行った。言われた通り、ダメ元で履歴書を送り続けたけれど、なかなか面接にたどり着くことができなかった。

そのたびに、手土産を買って、柚季を訪ねた。丁寧に淹《い》れてくれた紅茶は、下がったモチベーションを充分にあげてくれた。そして、会社にいた頃のように、愚痴を優しく聞いてもらう。彼女の側にいると、甘いシロップにつけられたように、身動きが取れない幸福感に浸った。

一方で、家に帰るとイライラすることが多くなった。娘は話しかけても面倒くさそうな態度を取り、どこで覚えたのか口汚い言葉で反論してくる。杏と遊んだ帰りにはついつい、比べてしまい、「昔は可愛かったのに」と小言をこぼしてしまう。

夫はというと、いつにも増して家に帰るのが遅くなっていた。後輩の相談にのっているというが、夫に相談して何になるのかと、小馬鹿《こばか》にした考えが頭に浮かぶ。あれほどおっちょこちょいで丁寧さにかける男が、後輩の指導なんてできるのだろうか。……私なら、きちんと戦力を育ててあげるのに。

就職活動がうまくいかないことを、夫には話していなかった。軽々と希望の職を見つけ、活躍している様を見せつけてやりたかった。が、もう三ヵ月が経つ。条件を下げなければいけないと分かっていたけれど、妥協することができなかった。

家に帰る途中、携帯が鳴った。夫からのメールで、珍しいと思い、すぐさま開くと、おかしな文章が目に飛び込んだ。

〈今日もいつもの場所でいい？〉

珍しく文末にハートマークが揺れている。何のことだろうと頭を捻っていると夫から着信があった。

「あ、今のメール、後輩に送るのを間違って」

その焦った口ぶりで、それが自分ではない女性に向けられたものだと気づく。遅れて怒りがこみ上げる。

「とにかく、今日も遅くなるから。先に寝とけよ。な？」

一方的に切られて、絶句する。それで誤魔化せたと思っているなら、あまりにも馬鹿にされた話だった。

夫は問い詰めるとすぐに浮気を白状した。

「ごめん。ちょっと若い子に言い寄られて、つい出来心で。……でもお前も悪いんだからなあ。もうちょっと俺たちに優しくしてくれたらさあ」

「俺たちって、誰と誰？」

むっとして訊き返すと、俺と璃子だよ、と頭を掻く。

「お前、ちょっと、璃子に干渉しすぎ。友達との交換日記、勝手に読んだんだって？」

「それが何？　親なんだから、子供がすることを見守ることくらい当たり前でしょう」

「子供にもプライバシーってもんがあるだろう。交換日記だけじゃなくて、宿題をやる時間だの、遊ぶ相手だの、着る服だの、お前の考えを押しつけすぎ。それじゃあ息苦しくもなるって」

時間があるときに遊ぶだけの夫にダメ出しをされて、かっとなる。が、返す言葉が見つからない。

「……お前に仕事したらって言ったのもさ、このままだったら璃子がかわいそうだからだよ。もう少し、子離れしたほうがいいんじゃない？」

「……何それ。私が璃子の邪魔になってるっていうわけ？　そもそも仕事を辞めろってあなたが言ったんじゃないの？　あのとき、何とか保育園に入れて仕事を続けてたら、こんなことにならなかったんじゃないの？」

「またその話かよ」

夫は面倒くさそうに吐き捨てる。

「いつまで昔のことにこだわってんの？　お前の時間、ずっと止まってんじゃないの？」

夫にはもう、期待をしていなかった。が、娘にまで鬱陶しがられていたことに驚き、悔しかった。

女は、子供を産み、家事をし、それが一段落したら仕事をさがし、浮気をされ、その上、今までやってきたことを非難されなければいけないのか。

身体の中に毒が溜まっていくのが分かる。——このままだとダメだ。

深夜にもかかわらず、迷惑を承知で柚季に電話をかけた。

「夕香さんどうしたの？

何かあった？」

小声で話す柚季の声を聞いて、涙が溢れ出た。彼女の前では、弱い自分でいられる。行ったり来たり要領の悪い説明に、ひとつひとつ相槌《あいづち》をうってくれる。

他人が分かってくれるのに、どうして家族が分かってくれないのだろう。

「こんなことなら、娘なんて産むんじゃなかった」

何かあるごとに、考えたことだった。

もし、子供を産まずに、仕事を続けていたらどうなっていただろう。

もっと、誰かに必要とされていたんじゃないか。——母親というのは、虚しさばかりが募る生き物なのか。

翌日、お土産を買って柚季の家を訪ねた。昨晩のお礼と、——もう少し話を聞いて欲しかった。

慣れた手つきでチャイムを鳴らす。

が、虚しく音が響くのが聞こえるだけで、反応はなかった。買い物に行っているのだろうか。タイミングが悪かった。

階段を下り、未練がましくアパートの前をうろうろ歩く。すぐに帰ってこないだろうか。電話をしたら帰ってこいと要求しているように聞こえるかもしれないと考えあぐね、ベランダを見上げる。——柚季が洗濯物を取り込んでいるのが視界に入った。

「柚季さん！」

声をかけ、笑顔で手を振った。きっとチャイムに気づかなかったのだ。諦めなくて良かったと胸が弾む。が、下を向いた彼女は夕香と目が合うと、——一瞬、顔をこわばらせた。少なくとも、夕香の目にはそう映った。

「夕香さん！　どうしたの？」

そう返事が降ってきたときには、普段の柚季に戻っていたけれど、違和感が背中のあたりに張りついて落ち着かない。

「昨日のお礼にケーキを買ってきたの！　さっき玄関まで行ったんだけど、いないのかなと思って！」

「ごめんなさい！　ベランダにいたから聞こえなかったのかも！　あがってきて～～！」

分かった、と来た道を引き返し、彼女に迎えられ、いつも通りの時間を過ごした。

が、抱いた疑念は消えることなく膨れ上がる。

――彼女は居留守を使ったんじゃないか。

だとしても、そんな風に避けられる心当たりはひとつもなかった。今まで至って普通につき合ってきたし、昨晩の電話でも険悪な雰囲気は一切流れなかった。けれど、夕香を見た瞬間の、あの表情を見過ごすわけにはいかない。

彼女は自分が家に行くのをよく思っていなかったのだろうか。それなのに毎回、良い顔をして、手土産を受け取り、――誰にも見せたことがなかった弱い部分を見て笑っていたのだろうか。

そんなはずはないと、思いたかった。

彼女までが自分を裏切るとは、絶対に信じたくなかった。

柚季は何があっても、自分の味方でいてくれる。

それを確かめたくて、連絡を取る頻度は上がっていった。一日に一度は電話をしたし、出なかったら返事が来るまでメールを送り続けた。家に行くのは二、三日に一度のペースになり、夕香が話すことにきちんと同意してくれないと「私、間違ってる？」と訊き返さないと不安で仕方がなかった。訪ねたときに留守だったら、本当だろうかと聞き耳を立て、携帯を鳴らし、時間のある限りアパートの前で待ち伏せをして……。

そんなとき、彼女の隣に住むおばさんに、あんたねえ、と声をかけられた。見知らぬ人に、あんた、と呼び捨てられたことに、まず、憤った。あまりに礼儀がない態度だ。

「柚季さんちに何の恨みがあるんだか知らないけど、大人なんだからもう少し、常識ってものを考えたら？」

「……常識って、あなたこそ、初対面で失礼だと思わないんですか？」

「あんた気づいてないんなら、随分鈍感だけど」

彼女は大袈裟に溜息をついた。

「柚季さん優しいから言えないんだろうけど、迷惑に決まってるじゃない。かわいそうだから、もう止めてあげなさいよ」

——あの違和感は間違いではなかった。そう認めた瞬間、今までかけてもらった言葉の全てがひっくり返った。信じていたのに。彼女は近所の人に、自分を悪く言って回っていたのだ。

——私をバカにしてたの？

そう認めさせて、謝らせたかった。

意地になって電話をかけ続けたけれど、何度目かで電源が切られた。やっぱりそうなのだと決定づけられて、悔しかった。

それから何をしていても柚季のことを考えてしまい、家へ行き、扉をこじ開けたい衝動にかられた。けれど、近所の人に〈ストーカー〉のように思われていると知ってしまうと、その道のりはあまりに遠かった。

結局、何度も何度も、返事が来るはずもない長文のメールを送り続けるしかなかった。自分でも馬鹿げていると分かっていたけれど、止められなかった。どういうつもりだったのか訊きたかった。どれだけ自分が傷ついたのか分からせてやりたかった。が、相手は全く反応しない。無視をされると更に怒りは募った。

けれど、時間が経つにつれて、自分がやったことの愚かさに気づき、謝らなければいけないと思った。やっぱり、どうしても嫌われたくなかった。

最後に言葉を交わしてから二ヵ月後、しばらくぶりに電話をかけた。

〈おかけになった電話番号は現在使われておりません〉

まさかと思い、もう一度かけ直す。が、同じアナウンスが流れる。

夕香は家を飛び出し、柚季の家まで走った。チャイムを鳴らし、彼女の名前を呼ぶ。

——柚季さん！　お願いだから返事して！

が、隣の家のおばさんが顔を出し、呆《あき》れた顔で言った。

「柚季さんなら、引っ越していったわよ」

夫の世話をすることが馬鹿馬鹿しくなり、実家に帰ることにした。夫は家事の心配をするだけで、私は家政婦じゃないと、更に気持ちが冷えていった。璃子にも「お父さんとお母さんどっちについてくる？」と訊ねたけれど、「転校したくない」と言われ、結局一人で帰った。

実家の母親は「一回の浮気くらい許してあげなさいよ」と、本気で取りあってくれなかった。とりあえず、頭を冷やして落ち着きなさいと言うけれど、もう帰る気にはなれなかった。

誰かに話を聞いて欲しいと思う。だけど実際目の前にすると強がってしまって、今の状況を話すどころか、嘘ばかりを話してしまう。新婚の結子に絡んで帰る自分が、あまりにも惨めだった。

何か仕事を探さなければいけない。条件を下げて履歴書を送り、ようやく面接に進めるようになったけれど、内定はもらえない日々が続いた。お前はもういらないのだと、言われている気がした。

夜、布団に入ると、嫌でも夫や娘、そして柚季のことが頭に浮かんだ。世の中の家族というのは、みんなこんなにうまくいっていないものなのか。それとも、不満に思っているのは自分だけなのか。

育児ブログを覗いては、その幸せそうな記事に嫉妬し、傷をえぐられた。いつだって一生懸命やっていたはずなのに、どこで間違えたのか。分からなかった。

そんなとき、ランキングの上位にあったひとつのブログに目が留まった。

〈WELCOME　HOME　BABY〜〜ほんわか我が家へようこそ☆〉

インテリアや親子コーデが人気のブログだった。最近引っ越した部屋が羨ましいとコメントが集まっている。世の中には幸せな人がいるものだと思う。SNSなんて幸せアピールにすぎない。羨ましがられたい人がやっているだけだ。

が、親子コーデを見たとき、目を疑った。

顔こそ隠しているけれど、柚季と杏に間違いなかった。

自分のせいで引っ越したのだと、少し責任を感じていたのに、彼女は今も、幸せに生きている。その記事は、自分へのアピールのように感じた。いつか、自分に見つかることを分かって、こんな記事を書いているんじゃないのか。

ブログに自分の悪口を書いていないか、過去に遡って隅々《すみずみ》まで読みこんでいくうちに、いつの間にか、ブログは閉鎖されてしまった。他にSNSをしていないか、ハンドルネームやブログタイトルを検索していく。そこで見つけたのが、ママブログを晒していく掲示板のスレッドだった。

そこには、彼女が住んでいるであろうマンションの住所まで書き込まれていて、

――驚いた。彼女もまた、夕香の実家のあるN市に引っ越してきていた。

――もしかしたら、会えるんじゃないのか。

実家の車でマンションの付近や、幼稚園や保育園の周りを走った。

会って、どうしたいのか分からなかった。

でも、それくらいしか、することがなかった。

コンビニの前で杏と男の子が雨宿りをしているのを見たとき、神様が自分の味方をしてくれたのだと思った。柚季を、傷つけてやりたかった。彼女が大切にしているものを壊し、自分の辛さを分からせてやりたかった。

＊＊＊＊＊

杏と一緒にいた男の子の手を引いて、ガソリンスタンドの休憩所へと走る。その温

かさが懐かしかった。璃子もこれくらいのときは、ママが好きだと無条件に言ってくれていた。

「おばちゃんここで待ってるけど、一人でできる？」

トイレの照明をつけ訊ねると、頷いて男の子は中に入っていった。突然の雨で、三人ともずぶ濡れになっている。売店でタオルを三枚買い、――その矛盾に気づく。今から山に置き去りにしようとしているのに、風邪をひく心配をする必要がどこにあるのか。

逆恨《さかうら》みだと、分かっていた。

彼女が幸せだろうと不幸だろうと、自分の人生には何ら影響はない。なのに、何がこんなにも苦しいのだろう。

トイレから出てきた男の子にタオルを渡す。しっかり拭いてね、というと、ありがとう、と言ってくれた。久しぶりにそんな風に感謝された。どういたしまして、と男の子の手をとり、外に出る。愛おしい体温を、このまま離したくなかった。

――誰か、助けて。

止む気配のない雨の中に飛び込もうとした瞬間、見知った顔を見つけた。――結子だ。

どうしてここにいるの。

彼女がこちらに走ってくるのが見える。
夕香は男の子の手を、ぎゅっと握った。

終章

わない。

＊＊＊＊

「特別養子縁組で、うちの子になったの」

柚季がそう話すと、千夏子は口を開けたまま固まった。血の繫がりを持ち出して、自分の子供を卑下するようなことを言った彼女には、酷だっただろうか。それでも構わない。

――子供のことを蔑ろにするような発言を、柚季はどうしても許せなかった。一度はそのことから逃げ、引っ越しすらした。でも、もう誤魔化したくなかった。

「血が繫がっていても、繫がってなくても、子育ては難しいよ。私だって、いろいろ悩んでる」

千夏子は顔を歪ませ、首を横に振った。

「……柚季さんと私は全然違う。私は、本当に、全然ダメな母親で」

彼女を非難したいわけではなかった。千夏子のことも、――夕香のことも。

柚季はそっと千夏子の手を取った。お願いだから話を聞いて欲しかった。

「千夏子さん、悩んでいることがあるなら、私に話して。

一人で悩まずに、いろいろ話して、乗り越えよう？」

今なら夕香にだってそう言える。そう言ってあげれば良かったのだと、今なら分かる。

――もう、同じ間違いはしない。


結婚して二年が経っても子供ができず、柚季は夫と産婦人科で検査を受けた。検査を重ねて分かったのは、問題があるのは夫のほうだということだった。三回、精液検査を受けたが、いずれも精子の濃度、運動率ともに悪く、この数字だと自然妊娠は望めないということだった。

夫はそれまで、ずっと明るく柚季を励ましてくれていた。「よーし、今日もがんばっちゃうぞ！」などとひょうきんに振る舞ってくれていた。が、自分に原因があると知った夫は、随分落ち込んだ。柚季も何とか励まそうとしたけれど、夫のようにうまくいかず、歯痒《はがゆ》い日々が続いた。

妊娠するには顕微授精しかない。

そう、医者に告げられたけれど、柚季も夫もなかなか踏み切れずにいた。柚季が働いている会社は、とてもじゃないけれど不妊治療をしていると言い出せる環境ではなかった。育休明けに泣き寝入りをして退職していく人を多く見ていた。何とか応援したいと、柚季もがんばってきたけれど、会社の体質が一個人の努力で変わるわけはなかった。

「退職して、不妊治療に専念しないか？」

そう提案したのは、夫のほうだった。

「やっぱり、俺、何もせずに諦めたくないんだ。お前には負担をかけてしまうけど、がんばってみたい」

彼の熱意を素直に受け止め、柚季は退職し、不妊治療をすることにした。

が、夫に原因があっても、治療の大半は妻の体に負担がかかる。

排卵誘発剤を毎日注射するのも、採血やエコーで卵子の成長を確認するのも、採卵するのも、全て妻がやることだった。夫ができるのは、採精することだけ。そのことが更に夫を追い込んでいるようだった。

不妊治療を始めてから、体調を崩しがちだった柚季のために、仕事から帰った夫は「俺に任せろ」と、疲れているはずなのに、家事を一手に引き受けてくれた。申し訳ないと思っているのが目に見えて、何て声をかけていいか分からなかった。

一度目の採卵で採れた卵子は七つだった。その全てを顕微授精させたけれど、うまく受精ができたのは三つ。三ヵ月にわたって移植したけれど、うまく育たず、もう一度採卵から始めることになった。

俺のせいでごめん、と頭を下げる夫に、「またがんばればいいよ、大丈夫」と声をかけたけれど、このままでいいのだろうかと迷ってもいた。夫は自分に問題があると分かってから、柚季を抱かなくなった。子供を作るためだけの行為ではなかったはずなのに、夫婦として不自然な気がしてならなかった。けれど、柚季のほうから言い出すこともできず、——お互いに言いたいことを言えない日々が続いた。

そんなとき、夫の母親から、癌になったと知らされた。

不妊治療のことなど考えることができず、一度病院に通うのを止め、義母の入院に付き添った。不幸ばかりが襲ってくるようで辛かったけれど、一番辛いのは夫や義母だ。なるべく明るく振る舞おうと努《つと》め、義母の話に耳を傾けた。彼女が話してくれる夫の小さい頃の話は、まだ聞いたことがないものが多かった。

「ごめんね、柚季さん」

話が途切れると、義母は謝った。

「私のせいでごめんね。……不妊治療、今、行けてないんでしょう？」

夫は子供ができない原因は自分にあることを、彼と柚季の家族に話をしてくれていた。子供ができず、まだなのかと急かされるのは、大抵妻の側になる。それを避けるために、夫が気を回してくれた。

「そんな風に言わないでください。

私も彼も、ちょっと疲れてたから休憩中なんです。こうやってお母さんと話をしてると、癒やされるんですから」

義母は首を横に振って、謝りの言葉を続ける。

「……私が、子供を作れるような子を産んでいれば、迷惑をかけずにすんだのに」

柚季はたまらなくなって、彼女の手を握った。原因が何かなんて分からないのに、義母は全てを自分のせいだと背負いこもうとしている。

「やめてください。誰のせいでもないんです。私はただ、お母さんに生きて欲しいんです。そんなこと、心配しなくていいんです」

心からの言葉だった。まだこの世にいない子供のことよりも、義母や夫のほうが大切なのだ。

柚季はその晩、夫が仕事から帰ってくると、こう切り出した。

「不妊治療、もうこのまま終わりにしない？」

ぐしゃりと歪んだ夫の顔を、忘れることができない。傷ついたような、それでいて安堵したような表情を浮かべ、彼は泣いた。

「私たちずっと、この世にまだいない子供のことばかり考えて、お互いのことを見てなかった。

幸せは子供ができるかできないかで決まるみたいに、毎日そのことだけ考えてる。私は、あなたと、もっと楽しく生きていきたい。今、生きている人を、大切にしたいの」

夫は、ごめん、ごめん、と頭を下げた。

「ごめんな。……母親にしてやれなくてごめんな。仕事を辞めてくれたのにごめんな。いっぱい、辛い治療させたのにごめんな」

何度も何度も謝る夫の頭を抱え、柚季も泣いた。もっと早く、こうしていれば良かった。


街で妊婦や子連れの家族を見かけると、断ち切ったつもりでも、やっぱり静かに悲しみが押し寄せた。あと一回がんばっていれば授かっていたかもしれない。そんな未練が襲いもした。

特別養子縁組の話を持ち出したのは、夫のほうだった。

彼の会社の人が民間の団体を通じて、新生児を迎えたらしかった。養子といえば、児童相談所からある程度大きくなった子供を引き取るというイメージしかなかったため、驚き、そして、興味を持った。

「特別養子縁組について知ったとき、柚季が『今、生きている人を大切にしたい』って言ってたのを思い出したんだ」

夫はもう、悲観的な顔をしていなかった。それから二人で養親の先輩に話を聞いたり、民間団体の説明会へ行き、情報を集めた。

民間団体に登録をするのには、いくつかの条件があった。

どちらか一人が二十五歳以上の夫婦であること。経済的に安定していること。夫婦の仲が良いこと。子供を授かることができなかった夫婦のための制度ではなく、子供子供の幸せのための制度だということ。だから障害の有無や性別など、要望をきくことはできないこと。

そのひとつひとつについて、夫とじっくり話し合った。不妊治療のときのように、お互いに遠慮をすることはなかった。

子供を育てるとは、どういうことなのか。

子供の幸せとは何なのか。

障害があっても、愛しぬくと誓えるか。

もし万が一、自分たちに子供ができたとしても、同じように愛情を注ぐことができるか。

お互いの意見を交わし、納得し、そして、——養親になることを決めた。

登録をするまでに、書類審査や、面接、家庭訪問など、いろんなハードルがあった。それをひとつひとつ乗り越え、やっと登録が完了し――。

特別養子縁組を知ってから、三年経ったとき、待ち望んだ瞬間がきた。

お願いしたい赤ちゃんがいます、と連絡が来たのだ。それから二人で赤ちゃんを迎える準備を整え、引き渡しの日を待った。

最寄り駅まで迎えに行く道中、ずっと、震えが止まらなかった。

改札の向こうから民間団体の職員さんが赤ん坊を抱いて歩いてくるのが見えた。そして、その腕の中の赤ん坊を見た途端に、可愛い、と思わず声が出た。

「アンズ色の頬《ほ》っぺたね」

柚季はそう呟き、そっと彼女を抱かせてもらった。

職員さんと共に自宅に戻り、これから必要になる書類の確認をしたり、これからの話をしていると、責任感と幸福感が満ちてきて……。

あの日、お母さんとお父さんになって、――何があっても幸せにすると誓った。

お腹が大きくなかったのに突然赤ちゃんを抱いているのだから、周りが不思議に思ってもしょうがない。だから、柚季と夫はいつも挨拶をしているご近所さんには、「養子を迎えたんです」と、紹介することにした。陰で何か言う人がいるかもしれないけれど、そんなことは、養子に限ったことではないと夫と話していた。文句を言いたい人は、何にでも文句を言うものなのだから、いちいち気にしていたってしょうがない。

とはいえ、同じアパートの先輩ママたちは「久しぶりに赤ちゃんを抱いたらもう一人欲しくなっちゃう」と、杏をとろける眼差しで受け入れてくれた。

三歳になると、杏にもきちんと、お腹の中で育ててくれたママと、今のママ、二人がいることを話した。どんなに隠そうとしても、いつか知る瞬間が来る。周囲から聞かされるよりも、親である自分たちから話したほうがいい。きちんと関係を築いていれば、揺らぐことはないはずだ。そう、夫と話し合っていた。

杏も、幼いながらに分かろうとしてくれているようだった。全てうまくいき、幸せな日々を過ごしていた。


夕香と再会したときも、ただ懐かしい気持ちがこみ上げてきただけだった。

彼女が育児をしながら復職できなかったのと同じように、柚季もまた、働きながら不妊治療を続けることはできなかった。あの会社の悪いところを知りながら戦ったからこそ、戦友のような気持ちすらした。杏が小学生になり留守番ができるようになったら、仕事を始めたいと思っていたから、就職活動もうまくいけばいいなと応援していた。

が、夕香は家にくるたびに、夫や子供の愚痴ばかりをこぼすようになっていった。柚季はそれを聞くのが、——特に子供への不満を聞くのが、どうしても嫌だった。せっかく自分の子供を産めたのに、どうしてそんな風に突き放すようなことを言うの？　だけど、その言葉は飲み込んだ。他人の家のことに、口を出すべきではないと思った。それは我が家が一番心得ているはずだった。

だけど、あの日、深夜に電話がかかってきて、夕香が言ったあの言葉。

——こんなことなら、娘なんて産むんじゃなかった。

それを聞いた途端、言いようのない嫌悪感が忍び寄り、暴言を吐いてしまいそうな衝動を、必死で飲み込んだ。

——子供を産むということは、自分が決めたんじゃないの？

夫と膝を突きあわせて話をしてきた中で、何度も確認しあったのは、もし、自分の思うように子供が育たなくても、「養親にならなければ良かった」と、投げ出したりしない覚悟があるかということだった。着せ替え人形をもらうわけではない。一人の、感情がある、立派な人間とつき合っていくのだ。実子だろうと、養子だろうと、それは何ひとつ変わらないと、夫との意見はまとまっていた。父親も母親も、そして子供も、別の人格でいろんな考えがある。そんな人同士で、仲良く暮らしていくのが、家族という形なんじゃないか、と。

だからこそ、夕香が言った言葉が許せなかった。

どうして、そんな子供を裏切るようなことを言うのだ、と。

けれど一方で、もし自分が子供を産んでいたとしたら、その言葉にここまで嫌悪感を抱いただろうかと、自問する。――そこに一ミリも、子供を産めなかったことに対するコンプレックスが含まれていないとは断言できない。自分の考えていることが、正しいのか、間違っているのか。何が正解なのかと思いを巡らせ、結局、夕香から電話があったあとは眠ることができずに、朝を迎えた。

夕香とは一度、距離を置き、混沌《こんとん》とした感情を整理したかった。このまま顔をあわせていたら、消化していない気持ちを滲ませてしまうかもしれない。

インターホンの画面に夕香の今まで通りの笑顔が映ったけれど、柚季はそのまま、通話のボタンを押すことができなかった。おばちゃんだ、とドアに走っていこうとする杏を引き留め、「ちょっとお腹痛いから」と言い訳にならない言い訳をする自分に嫌気がさす。普段、みんなと仲良くしようねと杏には言って聞かせているのに。

モニターから彼女の姿がなくなったのを確認し、今日はもう、さっさと家事を終わらせてゆっくりしようと決める。洗濯物を取り込もうとベランダに出た瞬間、

「柚季さん！」

下から声が聞こえ、ぎょっとした。こちらを見上げ、夕香が笑顔で手を振っている。自分のことを全く疑っていない彼女に対して申し訳なく思い、でも、少し放っておいて欲しいという気持ちは膨らむ一方だった。

けれど、彼女はそれを許してくれなかった。

今までにない頻度で家に遊びに来て、電話が鳴り、畳みかけるようにメールが届く。

「私、何も間違ったこと言ってないわよね？」

そう訊かれるたびに、もちろんと返事をし、胸の中で間違っていると思う。

──産まなきゃ良かったなんて、あまりに酷いんじゃないのか。

──母親失格なんじゃないのか。

彼女を責めてしまうような言葉は、吐き出されることなく身体の中に溜まっていく。

〈しばらく会いたくない〉と思っていた気持ちは、顔をあわせるたびに〈二度と会い

たくない〉に変わり、ばったり出会うのが怖くて、外に出るのも控えるようになった。どうか自分の前からいなくなって欲しかった。考える時間が欲しかった。

人と関わるのが怖くなった。自分の気持ちを、素直に話すことが、できなくなっていた。


「きみは、杏と血が繋がっていたとしても、同じことを思ったと思うよ」

柚季の異変に気づいた夫は、話を聞き、そう言った。

「そうかな。私、夕香さんに嫉妬しているんじゃないかな。

私、親として、ちゃんと恥ずかしくないことしているかなって、考えずにいられないの」

「きみはちゃんとした母親だよ。杏はきみが大好きなんだから。

それに、実子だろうと、養子だろうと、子育ては悩んで考えて当たり前じゃない？

養子じゃなくたって、ママ友とケンカだってするし、仲違《なかたが》いもする。間違ったりもするさ。

それにこれから、杏とだってたくさんケンカをするよ。親子なんだから。

……子育て舐《な》めんなよ？」

夫がおどけて言うから、柚季もつられて微かに笑った。

「杏が心配してる。

ママの元気がないって。

きみが笑っているのが一番、杏のためになるよ。

ここじゃ笑えないなら、笑えるような場所に引っ越したらいい。何度も言うけど、実の子だろうと養子だろうと同じことを俺は言ってるよ。それは何も特別なことじゃないよ。

家族なんだから。みんなが幸せになれる方法を考えようよ」

義兄の転勤にあわせてそのマンションを借り、引っ越しをすることになった。ママ友たちには詳しいことを話さなかったけれど、また遊ぼうねと言ってくれて、有り難かった。

夕香と距離を置き、ふわふわと地に足のつかない場所で、それでもじっくりと考えたのは、子育てに対する考えが養子を迎えたことによって変わったとしても、それは間違いでも何でもないということだった。

自然に妊娠したわけではないからこそ、夫とたくさんの話をし、〈子供を育てる〉ということについて考えた。それはやはり、大切なことだった。

柚季が間違えたのは、自分が掲げた理想から外れた人を〈悪〉とみなしてしまったことだった。だけど、それは違う。置かれた状況や、価値観が違うだけだ。柚季が彼女と同じ立場になれば、同じようなことを言ったかもしれない。

引っ越しをするときに解約した携帯電話は、今でも手元にある。夕香から届いた何通ものメールは、削除せずにそこに残っている。今は開く勇気が持てないけれど、見なくてもそこに書かれてあることを、鮮明に思い出すことができる。柚季を罵るような罵詈《ばり》雑言《ぞうごん》の数々。でもそれは、本意ではない。


――彼女は、助けを求めていた。


娘なんて産むんじゃなかった。

そんな言葉を言わなければいけないくらい、追い込まれているということに気づかなかった。そんな単純なことを、柚季は見逃し、言葉の表面だけをなぞり、過剰に反応していただけだった。

自分にできることは、ただ彼女の言葉を聞き、そして自分の素直な気持ちを伝えることだった。どちらが正しいわけでも、間違っているわけでもない。それで嫌われればそれまでだし、だからといって、柚季が悪いわけでも、夕香が悪いわけでもない。

――今なら、それが分かる。今なら、自分の言葉で話をできる。

「夏紀ちゃんのお母さん！」

さっき応接室にいた若い保育士が、廊下を走ってきた。柚季と千夏子は振り返る。

「二人が、見つかりました！」

＊＊

――もし目の前で夕香が子供を車に乗せなかったら、自分が彼女になっていたかもしれない。

コンビニで子供たちを見つけ、追いかけようとしたとき、何を考えていたのか。それを思い出すと結子はぞっとする。自分は間違いなく、彼らを連れ去ろうとしていた。

夕香に駆け寄ると、彼女は目を真っ赤にしてこちらを見据えていた。大切そうに男の子の手を握る彼女もまた、後悔しているのだと分かった。何があったのかは知らない。けれど、彼女を助けたかった。

「夕香さん、子供たちを送って行くんですか？」

訊ねると、彼女は目を見開き、絶句した。結子は彼女が子供たちを連れ去った事実を、なかったことにしたかった。

「保育園を抜け出してきたのかな？」

男の子に視線をあわせて訊ねると、彼はこくんと頭を縦に振った。水色のスモックを着た彼を見たとき、真っ先に思ったことだった。

「保育士さんが心配してるだろうから、電話しておきましょう。……みんな待ってるから、帰ろうね？」

彼はもう一度、頷いた。


夕香がどうしても女の子の母親と顔をあわせるわけにはいかないと言ったので、結子が保育園まで送っていくことにした。男の子から聞いた保育園に電話をかけ、雨の中歩いている子供がいたから保護していること、これから連れて行こうと思っていることを説明すると、ありがとうございますとお礼を言われた。やっぱり大騒ぎになっていたらしく、警察も捜索にあたっていたそうだった。一線を越えなくてすんだことに安堵する。

後部座席で男の子は女の子に「やっぱりママがいい。ごめんね」と謝っていた。小さな恋人たちの逃避行だったのだろうか。

保育園に着くと、男の子も女の子も、それぞれの母親のもとに走って行き、その華奢《きゃしゃ》な腕に抱きかかえられていた。女の子の母親は、ブログを通した印象の通り、優しそうな人だった。

もうブログの内容について追及するようなことは止めようと思った。彼女がくれた言葉は、全て本物だった。そう思うことにした。


保育園を出たあと、結子は夕香と待ち合わせたファミレスへと向かった。彼女を、このまま一人で帰すわけにはいかなかった。駐車場に彼女の白い車を見つけ、ほっとする。待っていてくれないのではないかと思っていた。

店員に待ち合わせだと告げて、彼女が座っている奥のテーブルへと急ぐ。夕香は頼んだ紅茶を前に、じっと固まっていた。

「無事、送り届けてきましたよ。二人とも、ちゃんとお母さんと会えました」

彼女の向かいに座り、そう告げる。良かった、と小さく呟くのが聞こえた。

「……ありがとう、止めてくれて」

何を、とはもう訊かなかった。その代わりに、

「何か、悩みがあったら話してください」

そう伝える。

「……ごめんね。今まで、散々嫌なことを言って」

「え？」

夕香は顔をあげて結子を見た。
「子供、早く作るように言ったりとか、旦那さんが浮気してるんじゃないかとか。
あれ、全部八つ当たり。
ほんっとうに最低よね。
浮気してるのは私の夫。
子供に見捨てられたのも私。
今、一人で実家に帰ってきてるのよ。
……本当にごめんね」
いつも完璧に見えていた彼女が、自分と同じ人間に見えた。
「……知らなかったです。そんなこと、全く分からなかった」
「意地っ張りなんだよね、私。
弱いところを見せたくないの。
それなのに、誰かに分かって欲しいって思ってて。
……我ながら面倒くさい性格よね」
眉をひそめて彼女は苦笑する。そして破顔したかと思うと、涙が頬をつたった。
「……くだらないことなのかもしれないけど」
そう前置きして、夕香は言葉を続ける。

「誰か一人でもいいから、『仕事を続けられなくて悔しい気持ち分かる』って、私の気持ちを丸ごと受け止めて欲しかった。

そうしたら、こんな昔のことといつまでも引きずらずに、前を向いていけたかもしれないのに。……なんて、他人のせいにするなって話よね」

言葉の端々《はしばし》に、捨てきれない彼女のプライドが滲んでいる。

「分かります」

結子はそう、言い切った。

「私も、いろいろあるから。

でも、夕香さんには話せなかった。

幸せそうで、全てを持っていて、……羨ましかったから。

だけど、これからは話しませんか？

……本音で、話しませんか？」

彼女は、ありがとう、と呟いた。


夕香が駐車場から出て行くのを見送り、車に乗り込んだ。窓の外に降る雨が、車の中をたった一人の空間にしてくれた。本当は、誰かに側にいて欲しかった。夫の気持ちが自分にはもうないということを、一人で受け止められるかどうか分からなかった。けれど、これはやっぱり人に解決してもらうことではない。夫婦の問題だ。

だけど、もしダメだったら夕香に電話をかけようと思う。みっともないところを、全て見てもらおう。そして、それを認めてもらおう。

顔をあわせる勇気がなく、夫の上司の奥さんには電話で話を終わらせてもらうつもりだった。話があるのなら、この場ですっぱり終わらせて欲しい。が、結子が携帯を手に逡巡していると、彼女のほうから連絡が入った。

「……もしもし」

小さく息を吐いて、呼吸を整える。

「結子さん、あの、今から会社まで来られませんか？」

電話の向こうの彼女の声は、店に来たときのように元気な印象はなく、随分疲れて響いた。

「……何か、あったんですか？」

「創ちゃんの様子がおかしいんです」

「おかしいって、どういうことですか？」

「……お客様との打ち合わせのときに、突然泣き始めたんです。

私、今、ちょうど、差し入れを持って会社に来てるんですけど」

突然泣き始めた、と聞いて、結子はその姿を想像することができなかった。彼が泣くところを、一度も見たことがない。が、お客様に怒られたとか、揉めたとかいうわけではないと、彼女は言った。

「じゃあ、どうして？」

摑みどころのない話に語尾が強くなる。

「創ちゃん、最近、元気なかったじゃないですか。何か、人が変わったみたいに暗くて。

……鬱病《うつびょう》か何かじゃないかって思うんですけど」

降り止む気配のない雨の中、車を飛ばした。さっきまでは運転するのが怖いと思っていたのに、今は何も感じない。とにかく早く、夫のところへ行きたかった。

鬱病、と聞いて、真っ先に思ったのは、まさか彼が、ということだった。

友人が多く、仕事に熱心で、いつも明るい彼がどうして。――が、最近の彼の顔を思い出そうとしても、笑っているところが思い浮かばない。ただ、それは自分の前だけだと思っていた。自分のことを嫌いになったのだと思っていた。

だけど、もしかしたら本当に、鬱なのだろうか。でも、一体、どうして。

小さなビルの一階が夫の勤める事務所だった。奥さんが軒下に立ち、出迎えてくれる。

「創ちゃん、仮眠室で休んでます。うちの旦那は外に出てるけど、あとでちゃんと話しておくんで、今日はもう一緒に帰ってあげてください」

差し出されたタオルで濡れた頭を拭きながら、案内されるがままに中へ入っていく。数人のスタッフがそれぞれデスクに向かっていた。無言で作業をこなす彼らの足元には寝袋やカップ麺のストックが散らかっていた。夫が働いている場所を、初めて見た。そこにはバーベキューなどで見ていたノリの軽さや適当さは一切なく、緊張感すら漂っていた。学生時代のサークル感覚なんじゃないかと、どこかで軽く見ていたことに気づく。

「うちの旦那、ちょっと横暴なところがあって」

スタッフの目から離れた廊下の隅で、彼女は切り出した。

「特に新しく入ったスタッフの子たちは、旦那の乱暴な口調に慣れてないから萎縮《いしゅく》しちゃって。

そういうときに、いつも場を和ませてくれるのが創ちゃんなんです」

結子は頷いて、先を促した。

「スタッフ同士仲良くなるためにバーベキューを企画してくれたりとか、後輩や、……私の愚痴を聞くのに時間割いてくれたり、その分残業してくれたりとか、本当に、いろんなこと、創ちゃんに任せちゃってて。頼られたら断れない性格だって分かってるのに、甘えちゃって。

……でも、本当は、うちの会社、辞めたかったんだと思うんです」

「どうしてそんなこと」

「私、見ちゃったんです。会社辞めたいって、パソコンで検索してるところ」

彼女の目には、薄《う》っすら水っぽいものが滲んでいた。

「でも、辞められたら困るって思って、見て見ぬふりしたんです。

ずっと無理してるって分かってたのに。

……本当は、結子さんのお店に行ったとき、話そうと思ってたんです。でも、言えなくて」

どれほど歪んだフィルターで見ていたのだろうと、結子は自分が恥ずかしくなった。口が裂けても、浮気を疑っていたなんて言えない。

「私、学生のときに妊娠したから、まともに働いたこともなくて。

バリバリ働いてる結子さん見たら、いじわるしたくなったんです。

本当に、ごめんなさい」

結子は、気にしないで、としか言えなかった。自分が欲しいものを持っている相手が、自分の中に欲しいものを見ている。そのことに全く気づかなかったのは、きっと彼女も同じだろう。

仮眠室と案内されたのは四畳ほどの物置で、無理やり押し込まれたソファベッドに夫は膝をかかえて座っていた。中に入り扉を閉めると、膝をついて夫の前に屈《かが》む。

「……創ちゃん、大丈夫？」

充血した瞳や真っ赤になった鼻先を、結子は直視できなかった。いつの間にこんなに痩《や》せたのだろう。

「……俺、何でこんなにダメなんだろう」

夫は顔を歪めた。

「仕事してたら、急に涙が出てくるんだ。

新人がやるような小さいミスばっかりするし、先輩には怒られてばっかりだし、予定もすぐに忘れる。ずっと家に帰りたいってそればっかり考えてて、……どうしても働きたくないんだ」

「……何で言ってくれなかったの？」

言えないよ、と夫は頭を抱えた。

「結子は仕事バリバリやって、家事もちゃんとやって。それなのに俺はこんなに、何もできなくなって。

結子の望む夫じゃないでしょ」

「……そんなこと」

「結子のこと、抱くこともできない。子供も作れない。こんなんじゃ、結子、俺のこと嫌いになるでしょ」

結子は思い切って夫の頭に手を伸ばした。

「嫌いになんて、ならない」

彼は拒否しなかった。ただじっと撫でられていて、――久しぶりに触れた夫の髪が、ちくちくと手のひらに刺さる。それが懐かしくて、思わず涙ぐんだ。ずっと、夫に触れたかった。

夫はほんの少し顔をあげ、上目遣いで結子を見る。捨てられた子犬が窺うように、小さな声で、俺、と呟く。

「……撮影に行った帰りに車を走らせてるとさ、スーツ姿で千鳥足のおっさんをよく見かけるんだ。まだ八時回ったところなのに、もうべろべろでさ。俺はまだこれから会社に帰って夜中まで仕事だっていうのに、何で世の中には月曜日から飲んだくれるやつがいるんだろうって、いつも思う。

何で、俺は家に帰れないんだろうって。

結婚したら、結子の作ったご飯食べて、一緒に眠って、一緒に起きるんだって、そう思ってがんばってたのに。

結婚したら、変わるって思ってた。でも、実際は違う。ずっと同じ。そしたら、いつまでこんな毎日が続くんだろうって思って、何か、怖くなって、嫌になった。

だけど、みんな普通にそうやって働いてるし、先輩もみんなも、俺に期待してくれてる。

なのに、どうして今までできてたことが、できなくなったのかな」

小さく見える夫に、ごめんね、と呟く。今まで何も気づかずにいて、本当に本当にごめんね。

「……ちょっと休もう。

ちゃんと病院に行って、いっぱい寝て。そうしたら、また前みたいに元気になれるよ」

「……そうかな」

そうだよ、と結子は夫の頭を抱きかかえた。

「もっと、いろんな話をして。

絶対にずっと、一緒にいるから」

夫の寝息を確認したあと、起こさないようにベッドから抜け出した。彼からいつも寝たふりをしていたと聞かされ驚いたけれど、今は本当に眠っているようだった。似たもの同士で思わず笑ってしまう。先に寝られると、眠れなくなるのは結子も同じだった。

ネットで評判が良い病院をいくつか調べ、メモを取る。明日の朝、予約の電話をかけると決めると、ふと、クローゼットに仕舞ってある小さな段ボールのことを思い出した。〈結婚式関係〉と書かれたそれを取り出し、約一年ぶりに開ける。

もらった祝電や自分で作ったウエルカムベア、使ったBGMが入ったCD……。そんなに時間は経っていないのに、もうすでに懐かしい。歳も歳だから結婚式はやらなくていいんじゃないかと結子は言ったけれど、どうしてもやろうと言ったのは夫のほうだった。

――今までいろんな人の結婚式を撮ってきたけど、やっぱりみんなやって良かったって言ってるよ。新郎新婦だけじゃなくて、親御さんも、親戚も。

そう主張されては嫌だと押し通すこともできず、百歩譲って小さな教会で身内だけで行った。嬉しそうな両親や祖父母の顔を見ることができたから、夫に感謝しなければいけない。

箱の底にしまってあった台紙を手にし、膝の上で開く。そこには、片言で日本語を話す牧師のあとに続いて誓った、あの言葉があった。

わたしたちは
順境においても、逆境においても
豊かなるときも、貧しいときも
健《すこ》やかなるときも、病めるときも
愛し、敬《うやま》い、慰め、助け
共に命の限り
終生変わることなく歩みつづけることを
誓います。

映画やドラマの中で何度も聞いた、お決まりの言葉だった。

あまりに定番で、どこか演劇の台詞を言うように恥ずかしかったけれど、本当の意味をあのときは分かっていなかった。

結婚はゴールではない。まだこれから、生活は続いていく。

結子はもう一度、そっと一人で誓い直し、――教会で誓った相手であるはずの神様に「見てなさいよ」と宣戦布告する。

＊

千夏子を見た途端、夏紀はまっすぐに飛び込んできた。首に手を回し、抱きつく息子の頬は、湯たんぽのように熱い。ごめんなさいー、と耳元で泣くその声を、随分久しぶりに聞く気がする。涙なのか鼻水なのか分からない液体が頬にまとわりつくけれど、それすらも懐かしかった。無事だった。それを実感した途端、涙が出る。意外だった。――自分が、泣くなんて。

「何でスーパーから出て行ったの？

ママが探してるの、聞こえなかった？」

柚季が珍しく声を荒らげる。杏も、ごめんなさい、と泣き顔になる。

「なっちゃんの、ママをみつけにいこうとおもったの」

「なっちゃんのママはここにいるでしょう？」

杏は首を横に振る。

「あたらしいママをさがそうとおもったの。

なっちゃんは、まちがえてママのところにきたんだって。だから、あたらしいママをさがしにいこうとおもったの」

夏紀の身体が、ぴくりと跳ね、更に強く千夏子にしがみついた。

「でもね、なっちゃん、やっぱり今のママがいいんだって。ママがだいすきなんだって。

……おうちに帰ってもいい？」

まっすぐに杏に見つめられ、千夏子は息が詰まった。

「当たり前でしょう。

……夏紀がいないと、さみしいに決まってるじゃない」

息子に捨てられそうになって、初めて分かる。自分は子供に、こんな思いをさせてきたのだ。胸がはりさけそうだった。だけど、そんな風に傷つく権利は自分にはない。ずっと、ずっと、彼を否定してきたのは自分だった。——ごめんね。夏紀に負けないように、彼の身体を強く、抱きしめる。

「なっちゃん、またママとうちに遊びに来てね」

柚季がそう、助け船を出してくれる。夏紀は顔をあげ、千夏子の反応を窺った。

「……今度はうちに来てもらおうか？」

いいの？　と小さく訊くその声に、少しの希望が見え隠れしていた。ようやく千夏子は深く息をついた。

降り続いている雨のせいか、半袖《はんそで》では少し肌寒かった。そうこうしているうちに、夏の終わりがあっという間にくるのだろう。

レインコートを夏紀に着せ、駐輪場まで手をつないで歩く。雨の日は面倒なはずだったのに、今はそれすら有り難かった。隣では柚季が、杏をおぶって傘を差している。疲れたのか、とろんと瞼が閉じそうだった。

「眠そうね」

柚季がそう言い、夏紀もまた、杏と同じように眠そうにしていることに気づく。

「じゃあ、またね」

駐輪場まで来ると、柚季がそう笑い、手を振った。すっかり眠ってずり落ちそうになる杏を、もう一度、おぶい直し、傘を持ち直す。

「じゃあ、またね」

千夏子もそう答えた。

――またね。

それは小さな約束だった。

たったそれだけで、背中を押してくれる。

千夏子には、まだ、しなければいけないことがあった。

仕事から帰ってきた夫に、今日の出来事を話した。シャワーのように否定の言葉を浴びせられる前に、思い切って千夏子のほうから訊ねる。

——あなたはどうして子供が欲しかったの？

ずっと訊きたくて、でも訊けなかったことだった。その返答によっては、自分の足元が根底から揺らぐ気がしていた。だけど、夏紀に捨てられそうになった今日訊かなければ、永遠に切り出せそうになかった。何を言われても、自分の息子に見限られることより、辛いことはないだろう。

夫はソファに座り直し、自分の手のひらを見つめた。そこに何かが書いてあるかのように、じっと見つめ、ようやく、口を開く。

「……兄貴には子供がいなかったから」

夫は、何かに怯えるように、そう言った。

「どういう意味？」

彼は、千夏子の方を見ようとしなかった。母親に叱《しか》られている子供のように、更に弱々しい声で話す。

「小さい頃からずっと、兄貴には敵わなかった。

勉強もスポーツも、何もかも。

親父はずっと、兄貴が好きで、俺はずっと必要じゃなかった。

真面目なだけじゃダメだって言われるけど、じゃあどうすればいいのか分からなかった。

就職活動だってがんばったけど、全然ダメで。

大学のときから続けてたバイト先の書店だけが、じゃあ契約社員にならないかって言ってくれて。嬉しかった。

本当はずっと店にいたかったけど、社員になるには営業に行かなきゃいけなくて。でもようやく親父に認めてもらえるかもしれないって思った。でも、そんなのじゃ、親父は認めてくれなかった」

予備校の連中だって、俺のこと馬鹿にしてたんだろ？　と、ちらりと千夏子を窺う。

「全部知ってるよ。分かってる。

要領が悪いとか、おもしろみがないとか、散々言われてきたんだから。でも、どうしようもないんだよ。真面目なことを笑われても、俺はやっぱりそういう性格なんだよ。

……でも、親父とお袋が、孫を欲しがってるのはずっと知ってたんだ。

兄貴のところに期待してるのも。

だから、子供だけは、絶対に俺のほうが先に作るって、……そう決めてた」

夫の告白を、千夏子は酷いと一蹴することはできなかった。自分だって同じようなものだった。

「でもさ、兄貴、夏紀が生まれたとき、言ったんだ。

お前、馬鹿なことしたな、このままだと永遠にお袋から逃げられないぞって。

……兄貴はさ、子供ができなかったんじゃない。作らなかったんだ。実家から距離を置きたくて、自分と奥さんとだけで暮らしたくて、それで作らなかったんだ」

後悔してるの？　と、千夏子は訊ねた。夫は、よく分からない、と頭を抱えた。

「夏紀と、どう接していいか分からない。

本当に、親父に可愛がってもらった記憶がないんだよ。嫌な記憶ばっかりで。

……あんな目にだけは、あわせたくないんだ」

「あなたが、お父さんにして欲しかったことをするのじゃ、ダメなのかな？」

夫は顔をあげる。

「私もあなたも、あの子の親になりきれてないと思う。

何が親として正しいのかなんて、よく分からないよ。

でも、自分が親にして欲しかったことを、これからあの子に、してあげられないかな」

夫は頷かなかった。でも、無理だとも言わなかった。

＊＊＊

保育園からの帰りに、スーパーに寄った。いつも通り、買い物カゴを手に、春花は店内を回る。ついさっきまで警察沙汰《ざた》の騒ぎが起きていたことが嘘のように、日常の風景がそこに広がっている。

レジの後ろにある雑誌コーナーで、若い母親がファッション誌を読んでいるのが視界に入る。その足元では小さな男の子が背中からひっくり返り、トイレに行きたい！と叫んでいた。聞こえないふりをしているのか、母親は雑誌から顔をあげようとすらしない。

何か言ってやろうと一歩踏み出した途端、彼女はぱっと雑誌を閉じ、子供を抱きかかえてトイレへと走っていった。春花はそのまま、その場に立ちつくした。――全ての子供の味方みたいな顔をしている自分が恥ずかしくなる。一体、自分はどうなれば、満足なのだろう。

母が死んでから、ずっと背中に覆いかぶさって離れてくれない考えがあった。

——母は私を産んで、幸せだっただろうか。

春花を育てるためだけに生き、死んだような人生だった。自分がいなかったら再婚するチャンスがあったかもしれないし、無理をしてまで働きづめになることもなかったかもしれない。

自分は、母親にまとわりつき、彼女の命を奪ってしまったんじゃないか。

その考えが春花を支配し、子供を産み、親になることを恐怖としか思えなくなっていた。が、一方で、無責任な母親たちを見ると、自分の母と比べ、親になる資格がないと罵りたくなる。——勝手に産んでおいて、やっぱり〈いらなかった〉だなんて言わないで。

だけど、夏紀が保育園に帰ってきたとき、千夏子はまっすぐに彼に手を伸ばし、力強くその身体を抱きしめ、

——夏紀がいないと、さみしいに決まってるじゃない。

そう、迷わず言葉にしていた。

それは、母の言葉として変換されて、春花に届いた。

——春花がいなかったら、さみしかったに決まってるじゃない。

もう、絶対に確かめることができない。だけど、幸せだったはずだと信じられるような母との些細な思い出はたくさんあった。

ふとカゴの中に視線をやる。一人の胃に収まるわけがない量の菓子パンやスナックが、乱雑に入れられている。こんなところを、母に見られるわけにはいかなかった。

全てをもとに戻し、お弁当をひとつ、カゴの中に入れる。この量じゃ、寂しさを紛らわせられないかもしれない。食べ物がたくさんないと不安だ。もしかしたら後で、買い足しに走ってしまうかもしれない。けれど今は、その葛藤《かっとう》を何とか振り切り、レジへと向かった。

母に見せられる生き方をしなければ。

家に帰ったら光に電話し、結婚の話はなかったことにしてもらおうと、心の中で決める。

壊れてしまった携帯を買い替え、パートにも復帰した。何もかも、もとに戻ったようだった。

＊

が、休憩中にパートリーダーから、今月いっぱいで仕事を辞めるのだと知らされたとき、変わらないことなどないのだと千夏子は思った。

「出戻ってた娘が、とりあえず家に帰ったのよ。孫から戻ってきて欲しいって連絡があってさ。でも、旦那とはやり直せないかもしれないとか言うわけ。仕事が決まったら離婚するつもりだとか言っちゃって。

まあ、もうどっちでもいいんだけど、そうなると親としてはできることやってやりたいじゃない？

この間、シフト代わってもらったときに、介護の仕事の面接受けにいってたのよ。今より少しはいい給料もらえるから、転職しようと思ってさ」

彼女は一気に話すと、缶コーヒーを呷った。

「……どうしてそこまでできるんですか？」

千夏子がそう口にすると、彼女は笑った。

「まあしょうがないわよ。母親だからさ」

ガハハッと笑う彼女は、まさに強い母だった。

「……そんな風になる自信ないな」

そう呟くと、何言ってんのよ、と豪快に背中を叩かれた。

「まだ母親になって数年でしょ？

こっちは四十年以上母親やってんのよ？

舐めてもらっちゃ困るわね！」

さあ仕事しごと、と笑いながら出て行く彼女の後に続こうとすると、ポケットの中で携帯が震えた。確認すると、夫からメールが来ていた。

〈日曜日に三人で洗車に行こう〉

他人が見たら、何てことないメールだった。だけど、我が家にとっては、大きな一歩だ。

〈とても楽しみにしています〉

夏紀に話したら、どんな顔をするだろうか。
保育園に迎えに行く時間を、初めて、待ち遠しいと思った。

本書は、二〇一七年四月に小社より刊行した単行本の文庫版です。

|著者| 宮西真冬　1984年山口県生まれ。本書『誰かが見ている』で第52回メフィスト賞を受賞し、デビュー。他の著作に『首の鎖』『友達未遂』。

誰《だれ》かが見《み》ている
宮西真冬《みやにしまふゆ》

2021年2月16日第1刷発行

発行者——渡瀬昌彦
発行所——株式会社　講談社
東京都文京区音羽2-12-21　〒112-8001
電話　出版　(03)　5395-3510
　　　販売　(03)　5395-5817
　　　業務　(03)　5395-3615

Printed in Japan

講談社文庫

定価はカバーに
表示してあります

デザイン—菊地信義
本文データ制作—講談社デジタル製作
印刷———豊国印刷株式会社
製本———株式会社国宝社

ISBN978-4-06-522541-7

講談社文庫刊行の辞

二十一世紀の到来を目睫に望みながら、われわれはいま、人類史上かつて例を見ない巨大な転換期をむかえようとしている。

世界も、日本も、激動の予兆に対する期待とおののきを内に蔵して、未知の時代に歩み入ろうとしている。このときにあたり、創業の人野間清治の「ナショナル・エデュケイター」への志を現代に甦らせようと意図して、われわれはここに古今の文芸作品はいうまでもなく、ひろく人文・社会・自然の諸科学から東西の名著を網羅する、新しい綜合文庫の発刊を決意した。

激動の転換期はまた断絶の時代である。われわれは戦後二十五年間の出版文化のありかたへの深い反省をこめて、この断絶の時代にあえて人間的な持続を求めようとする。いたずらに浮薄な商業主義のあだ花を追い求めることなく、長期にわたって良書に生命をあたえようとつとめるところにしか、今後の出版文化の真の繁栄はあり得ないと信じるからである。

同時にわれわれはこの綜合文庫の刊行を通じて、人文・社会・自然の諸科学が、結局人間の学にほかならないことを立証しようと願っている。かつて知識とは、「汝自身を知る」ことにつきていた。現代社会の瑣末な情報の氾濫のなかから、力強い知識の源泉を掘り起し、技術文明のただなかに、生きた人間の姿を復活させること。それこそわれわれの切なる希求である。

われわれは権威に盲従せず、俗流に媚びることなく、渾然一体となって日本の「草の根」をかたちづくる若く新しい世代の人々に、心をこめてこの新しい綜合文庫をおくり届けたい。それは知識の泉であるとともに感受性のふるさとであり、もっとも有機的に組織され、社会に開かれた万人のための大学をめざしている。大方の支援と協力を衷心より切望してやまない。

一九七一年七月

野間省一